SHAHRUKH HUSAIN

悍妇女巫
和她的故事

[巴基斯坦] 沙鲁克·侯赛因 编

陈觅 译

THE
VIRAGO BOOK
OF WITCHES

NEWSTAR PRESS
新 星 出 版 社

新经典文化股份有限公司
www.readinglife.com
出　品

上一次是何时凝视

月亮上深邃的豹群

碧绿的圆眼,矫健的长影?

野性的女巫,最尊贵的女士,

所有扫帚与眼泪,

她们愤怒的眼泪,荡然无存。

山岗上神圣的半人马了无痕迹,

我一无所有,除了苦涩的太阳;

英雄的月亮母亲遭到放逐,失去踪影,

如今我已经年过半百

只有忍受怯懦的太阳。

——叶芝,《忧郁时写下的诗行》

献给

克里斯托弗·沙克尔，我的丈夫

序

前　言

目录·Contents

魅惑的女人与上当的骑士

21　因陀罗瓦提与七姐妹

28　芬恩的疯狂

30　水妖

35　罗蕾莱水妖

37　红发康拉与仙女

41　高文爵士的婚礼

睿智的妇人

51　爱你胜过爱盐

59　商人、老妪与国王的故事

62　四件礼物

72　哈贝特洛特

77　灾星

91　比迪·厄尔利的飞行魔法

恋爱的女巫：嫉妒的情人与忠诚的妻子

- 95 摩莉甘
- 99 画皮
- 104 莉莉斯与一根草
- 106 月亮之女，太阳之子
- 113 爱狐
- 115 阿里斯托梅尼的故事
- 125 阿拉与巫婆
- 127 王后的戒指

变形记

- 133 老妇的笑脸
- 135 红发女人
- 140 把丈夫变成蛇的女人
- 142 田螺姑娘
- 148 男孩与野兔
- 150 罗兰
- 155 蛇妻
- 157 树林里的老妇人
- 160 豹女
- 162 三个老太婆

四季万物的守护者

169　第一批人类与第一根玉米

172　火女神

175　阿南西和秘密花园

181　约翰尼,把刀拔掉

184　雪女儿与火儿子

188　霍勒妈妈

女巫工具包:大锅、扫帚与魔鬼之约

195　去斯凯岛!

205　生于魔鬼之锅

211　女巫的安息日

213　桦木扫帚

219　扫帚很忙

221　长角的女人

224　拉根夫人

229　芭芭雅嘎

饥饿的女巫：食人者与吸血鬼

235 维克拉姆与荼吉尼

242 鹰婆婆

244 两个孩子和女巫

247 心上女巫

250 诅咒

252 两个孩子和一个女巫

256 水鬼

审判与抗争

261 被诅咒的搅拌桶

264 乔舒亚拉比与女巫

267 巫医的建议

269 七王后之子

278 凯莉·波尔

280 夜女巫

282 比迪·厄尔利、神父与乌鸦

284 佩蒂·皮特智斗女巫贝亚

致谢

注释

序

个性张扬、不折不挠、法力无边,女巫令人闻风丧胆。她们在我们的文化中始终占有一席之地。大名鼎鼎的比约克①和爱莉安娜·格兰德②都自称威卡③教徒。T型台上常能看到趾高气扬的宽边帽、破烂却性感的深色装束或是充满神秘色彩的晚礼服。摄影师乐于拍摄一头乱发的哥特式妆容女性,背景往往是灰黑色调的荒凉风景。橱柜广告中也不乏女巫的身影,柜子里满满当当怀旧风格的罐子让人联想到古老的草药、春药以及能帮人求爱或复仇的魔法药水。塔罗牌与水晶球也再度流行起来。

这股女巫风潮背后有深刻的原因,绝不仅仅是因为她们多变的形象能够灵活应用于各种书本、影视作

---

① Björk,冰岛创作歌手。(全书注释若无特别说明,均为译注。)
② Ariana Grande,美国歌手、演员。
③ Wicca,一种起源于英国的以巫术为基础的新兴宗教。

品和流行音乐中。不，女巫之所以再度风靡是因为她充满愤怒与力量。

民间故事中的女巫往往具有强烈的独立精神。在这个女性觉醒并寻求独立的时代，这一形象受到欢迎一点儿也不令人感到意外。

在近代早期，女性那勇敢——有时甚至是鲁莽——的反击会被视作恶毒的巫术，但我想，这种反击精神如今则为女性长期以来被压抑的愤怒提供了出口。女巫的历史与传说反映了女性的边缘化，同时也讲述了她们的反抗。

古往今来，我们的家庭与工作生活中始终充斥着令人愤怒的不公。1450年至1750年间，大量女性被指控使用巫术，她们更是经历了漫长的黑暗。这场迫害被称为"猎巫"，遍及欧洲与北美。当时人们仍深信魔鬼就在身边。多年来，女子与恶魔为伴的故事已渗入民间传说、诗歌和艺术作品中。本书收集的许多故事，尤其是"女巫工具包"一章，表现了女巫们无法无天的精神、淘气的嬉闹与幽默的恶作剧，但即便是这些冒着傻气的欢乐故事，也潜藏着残忍的"火刑时代"的阴影。德国牧师、宗教裁判官海因里希·克拉默1487年写的《女巫之锤》借批判女巫之名毫不掩饰地流露出对女性的厌恶，这本书在接下来的两百年间迅速传遍整个基督教世界，销量仅次于圣经。长达三个世纪的时间内，冠着猎巫之名的迫害与谋杀得到了教会和王室高层的支持，女性因为千奇百怪的理由和微不足道的小事被审讯、被判刑。约三万五千至十万人被处以极刑，其中百分之八十为女性。常见罪名包括性欲过旺、与魔鬼交媾以及损害男性的生殖能力。被杀害的大多是没受过教育、没能理解那个时代的宗教风向的底层女性。然而即便身处绝望与危险之中，她们当中仍有人站出来，公开反抗"上位者"，驳斥那些荒唐的指控，诸如用法术导致庄稼枯萎、牛奶变质、男性阳痿、儿童生病。正是这些反抗行为，或者说自我意识，将她们送上死路——水刑、绞刑或火刑。这场由宗教混乱、经济与权力斗争、职业竞争与政治动机引发的迫害，在狂热与仇恨的煽动下，对准了特定女性群体，而这群女性尽管满嘴脏话、目中无人，有时甚至会出言不逊，但其实谁也伤害不了。

二十世纪，女性的独立运动取得了重大进步，但有害的传统仍存在，并且不少早已被社会甚至女性自身内化。不少用来攻击女性的词语都与女巫有关，比如报丧女妖（夜间号哭的女巫，被视为死亡的使者）、魔女（莉莉斯和她的女儿们）、母狗（源自古希腊女巫守护神赫卡忒，来自地狱的狗为其护驾）。如今女性的困境当然无法与黑暗时代的迫害相比，但对敢于挑战常规的女性的压迫仍然很普遍，例如职场性骚扰、暴力与霸凌，不仅侵害了女性的尊严与人权，还可能给她们留下深层的心理伤害。

用精神分析的术语来说，历史上对于女巫的狂热迫害是一种"投射"，指将自身不愿承认的想法或品性强加到他人身上的心理防御机制。爱撒谎的人怀疑他人的诚实。马虎的人怀疑他人是否谨慎。控制欲强的人害怕被他人控制。人们利用投射为自己开脱,想象出一个他者,并赋予其某种能力。荣格将这种拒绝承认自身缺陷的心理形容为"阴影",也就是"我不愿成为的那种样子"。很少有人能够了解并承认自身的全部弱点,因此投射是普遍的社会行为,在个体之间表现为相互指责,在集体中则表现为污名化一个群体。有时这是一种无意识的行为。在迷信猖獗的时代,再微小的行为都可能招致酷刑甚至死亡,其实这是将强烈的自我仇恨与否定转移到了那些最弱小的他者身上。女巫可能是其中最臭名昭著、遭受长期污名化的一个群体,但将自身之恶投射到他者的行为其实从不曾消失。

那些被安在女巫身上的特征其实在迫害者身上表现得更为明显:缺少理性、热衷于折磨他人、残忍、贪婪、嗜血以及变态性行为——恰恰与投射理论相吻合。

世界各地的民间传说中都有大量性欲旺盛的女性掏空男性的故事,例如刚果的《阿拉与巫婆》或是中国的《画皮》,濒死或已死的女子通过撕开男性的喉咙并吸食他们的元气来延续生命。对女性的恐惧与控制欲从未消失,在今天的社会依然无处不在,从工厂车间、会议室、娱乐圈到办公室。即便政治领域也不干净,女性的抗争被无视、嘲笑、污蔑,甚至被拿来威胁她们的前途。站出来反抗性骚扰、性暴力的女性很可能会被贴上负面标签，诸如母老虎、麻烦精、骗子、敲诈犯——当然还有，女巫。

当代女性不被倾听的挫败感与怒火，在压抑了几十年后终于开始爆发。早年那些被迫害的女性不识字，无法驳斥所谓的罪状，但如今女性敢于撕毁保密协议，赌上一切来揭发现存体制的恶行。有些遭到指责的人及他们的同伙却反过来称这些指责是"猎巫"。没有人会相信他们——这是女巫的复仇。

在我看来，女巫是女性复杂形象的极致。这本书就是她们的故事，这本书颂扬了她们的愤怒、胡闹、滑稽、斗争与胜利！我们没有忘记，我们向她们致敬。

沙鲁克·侯赛因
2019年，伦敦

前　言

任何一本缺少女巫的童话集都是不完整的。然而，尽管有大量关于巫术的学术研究与百科全书，但据我所知除了给孩子的古怪故事集外，没有一本真正着眼于女巫、颂扬其呈现出的绝对重要性的作品，而这其中的女巫既可能是野蛮可怕的恶魔，也可能是沉着机智的帮手。无论以何种形态出现，女巫都是坚持真我的女性，她们会用魔法与远见开拓自己的人生，哪怕最后付出沉重的代价。

自古以来，人类每一种文化之中都有女巫的身影，她们施展法术、治愈伤口、改变命运。甚至在有文字记载之前，她们就与死亡与邪恶不可分割地联系在一起。迄今最古老的神话故事来自苏美尔人的一块泥板（约公元前三千年），上面记载了一位被流放的女性——她坚韧、冷酷、无情，集女巫与女神为一体，统治着冥界，与后来希腊神话中的德墨忒尔有些相似。无论神话、民间传说还是童话中，都不乏各种各样、好坏不一的女巫形象。这些故事来自许多传统——神话、历史、神学、文学与口述历史：有的组成了系列故事的内核，或构成了与之相关的习俗，有的则不可名状，只是一种形象，却能让人从中窥见民间信仰与人心中幽暗恐怖的幻影。

欧洲传统童话与北美原住民口头传说中都有"妖精"这一形象。她们极其美艳动人，举手投足令男性神魂颠倒，同时她们冷酷无情、擅长变形，还会绑架男性或石化欲望对象，从而使他们就范。而在中东地区的波斯和印度民间传说中，妖精往往会囚禁她们的爱人。凯尔特童话中的妖精则利用她们的美貌迷惑男性，令他们魂不守舍，无法再在自己的社会中立足。与之并列的是丑陋的蛇发女妖戈耳工，这种哭哭啼啼的爬行生物吸血食腐，只会利用低级的法术来满足自己的食欲与性欲。

所有口述传统和民间故事里都有自然女巫，她们生活在水域、洞穴或山中，掌控和保护着周边的自然环境与动植物，一旦有人破坏自然秩序，必将遭遇灭顶之灾。很多故事我们耳熟能详，例如森林中住着可怕的女巫或精灵，会诱骗或强掳人类，一旦落入她们手中，结局不是死亡就是被人遗忘。

无论哪种文化中，可怕的女巫都占多数。她们通常被描绘成丑陋的巫婆，喜欢吃人，尤其是小孩，还会吸食死者或活人的血液。食人女巫的起源十分古老，并且与两种文化元素有关。一是澳大利亚和新西兰等南太平洋原始民族的生育仪式，吃孩子代表着种植、收获与再生的自然循环。在北美和南美的原住民部落还流传着关于女性阴道的可怕想象，例如有牙的阴道。另一个则是源于美索不达米亚文化中神创造的第一位女性莉莉斯。她放荡不羁，与魔鬼交媾，无情地吸取男性的精力来创造怪物后代。

男性力量的衰竭也是各种文化中跟女巫有关的另一主题。中国民间传说中，某些无形的鬼魂会附在人身上，汲取他们的元气。绝大部分故事中的鬼魂都是女性，而受害者往往是男性。与此同时，也有许多死去的女性变成了鬼魂，从冥界回来保护她们的爱人。这些善良又令人魂牵梦萦的女鬼与西方文化中的鬼魂不尽相同。围绕她们身份的争论不少：她们究竟是拥有不死之身的妖怪还是寿命有限的人类？吸取精液与能量的女鬼当然不是普通人类，而她们的名称也表明她们并非拥有不老之身的神仙。很多自然女巫的身体也会随季节变化而自我再生，或是常年藏身于水、空气或树中，只有被呼唤或打扰时才现身。

与之相对，有些女巫则毫无疑问是肉体凡胎。她们生活在美国、非洲、英国或印度的各个村庄，偷偷从事善与恶的交易。有些西非地区的女巫据说能死而复生，她们会参加女巫集会，还能将法术传给孩子。而印度民间传说中容貌丑陋的女巫丘利尔或达延双足扭曲，口齿不清，喜欢吃小孩的心肝，只有当她把自己的秘密咒语——一句颠倒的宗教咒语——传给新人之后才能死亡。许多基督教国家中，女巫也会被指控篡改宗教用语，人们常认为她们为一己私利向魔鬼出卖了灵魂。这些女巫在民间传说中往往扮演强大的反派，只有拥有高超技艺、强大力量和坚定决心的人才能战胜她们。

还有一个常被忽视的形象是女智者。她们可能是聪明的帮手、严格的雇主、狡黠的向导、出谜者、治愈者或是馈赠者。我们看着她们出入于各个传说，却很少思考她们的身份与动机。她们代表了女性思想的精髓，教给我们古老的智慧、神奇的本领与花招，以及每个女人都必须认识自身的魔法这一真理。所有女巫都拥有强大的魔法，正是这点令她们从一开始就被逐出社会，披上难以褪去的"异类"外衣。

女巫在原始社会中拥有令人敬畏的地位，却深受一神论者们排斥，在基督教世界尤甚。西方世界视她们为理想女性的反面。大量宗教文献都提到，女性容易屈服于邪恶与软弱。理想的女性应当忠于社会宗教常规，具有勤劳、温顺、纯良、谦逊、宽容等品质。而具有无拘无束、懒惰、粗俗、性开放、独立（经济上或是其他方面）、记仇等性情的女性则被贬为女巫。幸好童话中保留了各式各样的女性形象，既有反叛独立的角色，也有勤劳虔诚的典范。也有比较少见的一类故事：在《格林童话》的《老女巫》这一类故事中，女孩因为不遵循社会风俗而被烧死；而《安徒生童话》的《红鞋子》一篇中，一个女孩因为幼稚的自恋而被砍掉了双脚。

在中世纪欧洲和北美，许许多多女孩和女人仅仅因为被怀疑施咒、庆祝例假或分娩时不够痛苦而被绑在柱子上烧死或绑在巨石上淹死。人们指责她们不知羞耻，没有为人类的原罪痛悔，因此肯定与魔鬼有牵连。中世纪时，很多人还相信女巫仅凭眼神便能呼风唤雨、毒害空气、破坏庄稼与环境，制造各种麻烦。1435年，多明我会修士约翰内斯·奈德将巫术分为六类：煽动人们的爱恨、致男人阳痿、毒害牲畜、损害财物、传播疾病以及使人发疯或死亡。人们认为女巫参与了魔鬼的狂欢，批判上帝与天主教，亲吻魔鬼的臀部以示敬意，吞食未受洗的儿童，还与恶魔交媾。牧师罗伯特·赫里克（1591—1674）在诗中描述了她们与动物和魔鬼狂欢的场景。

> 每个人都醉醺醺，
> 欢乐又开心。
> 她露出屁股，
> 朝向一头老公羊，
> 它喉咙嗡嗡作响，
> 嫌她的臭屁呛。
> 这个老巫婆。

老公羊即魔鬼，暗示着巫术信仰中和女神一同被崇拜的类似潘神的自然神。

因此魔鬼成为性方面无所不能的象征，而女巫则与污秽、肮脏、腐败联系在一起。典型的女巫形象是一个肮脏邋遢的女人，长着脏兮兮的长指甲、浑浊的双眼和一口烂牙，毛发从鼻孔、耳朵和下巴冒出来。她的声音要么过于尖厉，要么十分沙哑，总之很难听。皮肤上长满难看的痣与脓疮，据说是魔鬼吮吸过的痕迹，有时还有形似动物的斑痕，是"天生不洁"的证据。她身边总是围绕着蝙蝠、蟾蜍、老鼠、乌鸦和不怀好意的猫。此外她十分放荡，在魔鬼的刺激下时刻渴望年轻男子，而他们随时可能被女巫的欲望夺去生命，或是成为多余的人。证据如下：

> 人们经常看到女巫一丝不挂地躺在田野或森林中，身体和四肢的动作明显是在进行性交达到高潮，从她们大腿的抖动中，旁观者一眼就能看出她们正在与魔鬼交媾。(《女巫之锤》，1486，莫塔格·萨莫斯和约翰·罗德克翻译，1928，第二部，第四章，第114页)

这部由两位多明我会修士雅各布·司布伦格和海因里希·克拉默编写的《女巫之锤》被视为猎巫圣经，书中还不忘安抚担心自己性能力的普通男性：

> 与同类交合的乐趣自然更多，然而狡诈的敌

> 人会调动各种积极元素，诸如虽非天成、却品质相似的温暖与性情，这似乎能够使他产生同等程度的渴望。（第二部，第五部分，第114页）

基督教并非唯一持以上看法的宗教派别或宗教文化，但它对猎巫的狂热无人能及。而更荒诞的是，这种充满偏见的论调导致了从1330年在法国开始，并在十五到十七世纪期间蔓延至整个基督教世界的数以万计的谋杀案。其中绝大部分受害者为女性，古怪、贫穷，或独居并养了一只大黑猫都可能被视为与魔鬼做了交易。还有一些女性被活活烧死的理由仅仅是她们看过一眼的庄稼开始枯萎或者奶牛不再产奶。许多女性纺织工、接生妇和药剂师也被指控精通巫术，与此同时，不知是否出于巧合，男性开始建立同业公会，垄断各个行业。爱尔兰几乎没有被这场迫害波及，或许因为爱尔兰人从未完全背弃德鲁伊文化，在他们的史诗与口头传说中，作为战神的母神无处不在。

荣格心理学继承者玛丽-路薏丝·冯·法兰兹认为，缺少具有双面性——无论正面还是负面——的超凡母亲形象或许是导致迫害的原因之一。

> 在受基督教影响而产生的童话故事中，大母神的原型被分为两个方面。拿圣母玛利亚来说，她彻底摆脱了阴影，只象征母亲光明的一面；因此，荣格指出，圣母玛利亚这一形象得到重视的

时期，也是对女巫的迫害达到鼎盛的时期。正因为伟大母亲的象征是片面的，黑暗面被投射到其他女性身上，对女巫的迫害自然就愈演愈烈……女性的形象一分为二，成为正面的母亲与负面的女巫。（《童话中的阴影与邪恶》，1987，玛丽-路薏丝·冯·法兰兹，第105页）

但这并不能解释一切。其实《圣经》里也有善良有益的女巫形象，例如隐多珥的女巫。另一方面，《古兰经》中也提到女巫用绳结来扰乱人们的生活，但只是为了祈求神保佑他们。或许对欧洲人来说，基督教作为一种源于中东、相对新和浅层的文化在欧洲扎根尚浅，还没能完全压制本土的异教文化。因此，女巫被误认为是原始女神的再现，被视作更为紧迫的威胁。这至少能够解释为何英国本土传说遭到大量删节，例如我们今天知道的亚瑟王传奇。蒙茅斯的杰佛里的《梅林传》（约1150年）和托马斯·马洛礼的《亚瑟王之死》（约1469年）中浓厚的基督教色彩，没有给守护英国国王与国土的最高女神摩根勒菲——其名字的含义是命运之母或仙女之母——的光辉留下多少叙述余地。这两本书内容十分丰富，但关于摩根的描述都不尽如人意。蒙茅斯的杰佛里将她贬低为一个普通女巫，从一个男性——梅林——那儿学到了魔法，却报之以令人唾弃的背叛。而马洛礼更是语焉不详地将她一笔带过。两人都没能解释为何她会对亚瑟王及其随从心生嫉妒与恶意。摩根就这样失去了至高无上的地位，沦为不完整的、莫名其妙的恶的化身。

好在多数文化的民间故事里还出现了许多女巫形象，和她们一样，摩根是母神的延续，代表了纯洁、生育与死亡。几乎每种文化中都存在这样的三重神形象：古罗马的朱文塔斯、朱诺和密涅瓦，古希腊的赫柏、赫拉和赫卡忒，阿拉伯的拉特、默那和乌札，印度的帕尔瓦蒂、杜尔伽和迦梨。三女神象征着三个月相，因此女巫常被视为夜晚的生物，与女性生理周期、潮汐、四季以及黑暗联系在一起。月亮女神狄安娜常被认为是女巫之神。

三女神的三个象征对男性都是威胁。新月代表处女，任性而充满活力，魅力之大令年轻男子迷失方向。满月象征母亲，丰满而多产，在一些古老的文化中常被刻画成有通红胀大的阴部，或是有下垂的巨大双乳。当她追逐猎物（自然是男人）时，会把乳房甩过肩搭在后背，男人都害怕被她无情地用尽精力。在很多中东传说中，主人公要从背后接近她，亲吻她的乳房，使她承认他是她的儿子，转而帮助他。最后是代表老太婆的残月，这是最令人害怕的一个形象，散发着死亡与神秘的气息，欲望却没有减退，仍然能够扰乱男性的身心。男人一旦拒绝她便会招来灭顶之灾，因为她冷酷无情，报复心极强。然而即便她是在伸张正义，也会被父权文化贬低为狭隘的报复，而男性的同等行为则会被奉为公平的惩罚。我们能够看出其中的道德法则，前者追求公平，而后者高高在上。

"报复"一词暗含卑鄙、冲动、主观、自私等贬义，而"惩罚"这一概念始终是神圣的，是高尚、冷静、客观、造福大众的行为。女神往往被赋予情绪化等特质，掌管地府，男神则超然天外，冷静疏远，然而两者的行为并无二致。女性的特质让男性感到恐惧，害怕自己被奴役和阳痿——一种失去男子气概的隐喻。只有当女巫能够被他们控制（例如萨满教）、为他们服务时，男性才会心满意足。

日本巫师常会为雌狐狸、狗或蛇提供保护，或是照顾它们的幼崽，从而使它们为自己所用。据说在中世纪，当一个家庭的屋顶上与走廊里坐满了狐狸与狗，还有蛇蜷在各种罐子里，这样的家庭会十分兴盛。但只有对这些动物表达感激，并信守承诺，它们才会继续服务。

随着历史发展，女神逐渐被父权文化中的众神淘汰，再后来则被一神教驱逐。对女性的生殖崇拜慢慢被男性取代。一神教一心想将女性的美与邪恶的联系合理化，于是创造出"精灵是堕落的天使"的理论。她们处于上帝与魔鬼之间，不肯投入任何一方，终被放逐至地下的溪流、洞穴与隧道，或囚禁于云朵和空中。

无论来自哪种文化，女巫始终具有令人恐惧的特质，因为"占据主流的集体无意识是排斥大母神原型的，因此她必须反击"（玛丽-路薏丝·冯·法兰兹）。童话故事常见的一个模板是，男性落入女巫手中，被另一位女性拯救（例如格林童话《糖果屋》中格莱特救了汉赛尔）。另一种模式是女性自己成为女巫的猎物，《白雪公主》和《睡美人》就是两个著名的例子。《睡美人》中的邪恶仙子是一个典型——她因自尊心受损而决心报复，其实与那些受到伤害、不断要求赞颂与认可、向一切无视自己的人施加地狱之火和永恒诅咒的男性神祇是一样的。只不过她像摩根和莉莉斯一样被妖魔化了，而后者没有。

残暴的女巫遭到了侮辱与排斥。童话中的女巫作恶多端、贪图权力，甚至杀害儿童，这是她们夺回权力与延续生命力的方式。这种野蛮可怕的生物自然只能被排除在文明世界之外，流亡于荒野。而正如她们自身遭到排斥与孤立一样，她们身上的特质也被人们否定，被深深赶进我们尚未发掘的潜意识中，成为我们永恒的恐惧。正是这种我们自己内心创造出的残缺的极恶生灵，让我们轻易受到女巫带来的恐惧的影响。我们深感脆弱，深知对爱与滋养的渴望可以决堤，在得不到满足时将我们变成贪婪的怪物。

我们创造出《糖果屋》中的巫婆，她先喂饱我们，然后想用我们喂饱她。格莱特必须开动脑筋，启动藏在自己体内的女巫本能，预测对手的行为。也正是她身上女巫般的对公平的无情追求，让她决心惩罚女巫，最终救了自己。敢于对抗并最终摧毁女巫，是童话中儿童成长和学习应对眼前危机的关键点。但这一切的前提是我们认识到自己身上那些女巫特质。与远古社会中的女巫们一样，我们心中的女巫只要被接纳并培养，就能为我们灵活运用，帮助我们生存。

历史与文学中女巫的遭遇令人感到沉重与悲伤，但不要忘了她还是一个淘气的角色、一个幸存者。多少个世纪的污蔑都没能将她从我们的头脑中赶走，也丝毫没有降低她们的影响力。她始终是一个生动、神秘、充满魅力的存在，有时像凡人，有时又拥有超凡的力量；她身披黑斗篷，骑着扫帚或树枝，穿行在孩子和大人的想象中；她从滑稽的冒险中归来，回到自己阴森的住所，沉溺于那顽劣的追求。或许正是这样最常见的女巫形象，才最为生动地传达出她那无法无天的精神、永远挑战权威的形象，以及一直坚守的一套神秘法则。

在编辑本书时，我没有回避那些令人恐惧的女巫角色，也没有刻意美化女巫的形象。我只是挑选了那些令我激动、害怕或大笑的精彩故事。在汇编这本故事集那愉快的几个月中，我被问到最多的问题就是"你怎么定义女巫？"，我至今没有答案。我希望本书能够展现的是不断挑战定义、永远难以捉摸、神秘莫测的女巫形象。

沙鲁克·侯赛因
1993年四月，伦敦

Part
01

魅惑的女人
与
上当的骑士

因陀罗瓦提与七姐妹

（印度）

从前，有一位国王与妻子生了一个女儿，闭月羞花，举世无双，连因陀罗①天庭中善舞的飞天女神也比不上。王后给女儿取名为因陀罗瓦提，即因陀罗的女儿。王后是个聪明人，她深知有朝一日女儿的美貌必然会招来他人的恶意与算计。她希望遇上这类灾祸时，女儿能够呼唤因陀罗的庇护，而不用担心遭到惩罚。你还记得吧，古老传说中的恒河女神就因为得罪了因陀罗被湿婆锁在半空中，不得挣脱。另外，因陀罗是一位好色的神，以其地位来看这无伤大雅，但她不希望女儿变成他的猎物，于是选择了这个名字。

因陀罗瓦提一天天长大。她与一位年轻的王子缔结了婚约。王子与她十分般配，英俊非凡，连仙女见了也心生爱慕。他脸庞如月亮，双眼似星星，不仅是

---

① 印度教神明，吠陀经籍所载众神之首。

脸，就连身体上的皮肤也柔软得像毛茸茸的蜜桃。（你知道，他年龄还小，才刚开始长胡子。他每次照镜子自己都吓一跳！）公主在婚房中大概会激动得发抖，要不了多久就会顾不得她那处女的矜持与娇羞。但他就是那样一位浑身散发魅力的王子，会让女子毫不羞愧地丢弃廉耻。

然而，王子在前往婚礼的途中被住在一棵菩提树上的七姐妹盯上了。她们双脚倒长，脚后跟向前翻转，形似棍棒或富人的手杖——底部是一个小铜球的那种，你们知道的吧？她们的脚趾像老鹰的爪子一样，向后张着。她们把脚藏在柔滑的长裙里，这样就没人会看见。其实有那么迷人的脸蛋，谁会注意她们的脚呢。何况她们还会朝男人抛媚眼，一边用嘴轻轻咬着头巾一角，一边眨着水灵灵的大眼睛，不时垂下眼帘，露出长长的睫毛。每个男人最后都会不知不觉把目光下移——愿神原谅我们——投向她们丰满的胸部。这些女巫——愿神保佑我们——想要占有她们爱上的男人。我们不该说出"女巫"这词，否则她们有可能闻声而来。总之，她们跟随王子来到了公主的宫殿。看到他马上要结婚，她们火冒三丈，不过很快冷静下来。女巫有什么好怕的？她们没有道德，还会魔法。她们继续尾随王子，等待合适的时机。

王子与公主举行了盛大的结婚典礼，音乐家们演奏了一个月，直到手指受伤、腰酸背痛才停下。厨师不停地烹饪美食，厨房的热量让整个王国的温度都上升了。每一个人——就连在剩菜堆边的流浪汉都撑坏了肚子。其他国家的流浪汉闻讯前来，用推车将残羹剩饭带回给家人，因为就连这些残羹剩饭都可称作是盛宴。女巫们一直盯着王子，静待时机。庆典终于结束了，因陀罗瓦提与王子乘马车前往他的王国，期待着享受私密的欢愉。

走了一上午，天越来越热，他们决定停下来休息一会儿，刚好停在了七姐妹第一次看到王子的那棵菩提树下。很可能正是她们施了法术将这个念头放到王子脑中——但我们不知道。王子与公主按捺不住激情，想把随从打发走。

"全退下！"王子一声令下，随从立马明白了，转身离开，边走边开起这对新婚夫妇的玩笑。

然而两人刚刚四目相对，就有一阵困意袭来。躲在菩提树上的七姐妹等待已久的时机到了。她们决心在王子与新娘结合之前、在雨露滋润莲花之前行动。她们早已对他的青春之躯垂涎三尺，也付出了巨大的耐心，必须得到他纯洁的身体。

她们早就想好了办法，趁他还是处子时掳走他。她们在王子与公主昏昏欲睡时从树上一拥而下，将两人抬到一座为王子而建造的塔中。她们把公主扔出窗外，想摔死她。幸好窸窸窣窣的声响吵醒了公主，她及时抓住附近一棵柠檬树的树枝，然后顺着树干爬了下来。她蹑手蹑脚地走到塔楼脚下，躲到一堆石块后。

女巫们将王子带进塔顶的房间，让他睡在一张云朵般柔软的床上。王子感觉自己浮在空中。她们戴上叮咚作响的铃铛，跳起妖娆的舞蹈，看上去如此妩媚——妩媚得可怕。她们给王子施了魔咒，使他一直处于半醉的状态，这样他就不会注意到她们倒长的脚掌——这是女巫的标志。同样他也不会发现她们眼神中不同寻常的欲望，连那些风尘女子也无法与之相比。因为那些女人勾人的眼神是出于技巧，而这七姐妹眼睛里流露的是内心的欲求。

总之，她们在他面前放肆起舞，故作不经意地露出身体。她们越转越快，衣衫飘起，却只见摇曳的树干，不见树顶的花朵；她们胸衣的带子滑落，丰满的胸部若隐若现，其下是难以按捺、汹涌起伏的欲望。那天夜里，她们像野生的藤蔓攀上他纯洁无瑕的身体（如此鲜嫩多汁！）和蜜桃般的金色肌肤（如此性感迷人！），紧紧缠住他，让豆荚弹出花串，钻入孔隙，填满空洞。液体交融，开花结果，直到他被吸干，精疲力竭，而她们心满意足。

她们盘算着日复一日吸取他的汁液，直到他永远枯萎。她们每天晚上都给他带吃的来，里面还掺有强效壮阳物，比如磨碎的虎牙、草药和经血。她们会把食物整晚留在这里，但王子从没碰过。第二天一早，女巫离开前只好把这些食物扔到窗外。万一王子趁她们不在吃了这些，在别处发泄精力就不好了，所以她们宁愿给扔了。

扔出来的食物掉啊掉，掉在了公主藏身之处附近。

她会勉强咽下几口，刚够支撑自己活下去的量，多的一口也不吃。每天早晨七姐妹离开后，她便爬上柠檬树，钻进塔顶照顾王子，跟他说话、轻抚他的眉毛、求他醒过来。但当然，他毫无反应。公主越来越生气，决心不能坐以待毙。我必须做点儿什么，她这么想。

然后她付诸行动。

第二天，她等着女巫离开她丈夫的房间。等她们来到菩提树时，她就站在树下。在她们施法时，她一把紧紧抓住了树根。七姐妹剪下几缕头发打成结，对着头发吹气，同时念念有词，嘴唇猛烈地翕动着，越来越快，声音越来越大，直到树忽地腾空而起，带着公主一块儿飞上天空。她从空中俯瞰着森林与沙漠、河流与山峰，飞得那样高，所到处那样荒凉，荒凉到不见阿丹①的后裔。她飞了很远，直到来到一片半圆形的山脉，女巫的树缓缓盘旋，随后下降。公主意识到自己来到了卡夫山，这是神的领地，由众神之王因陀罗统治。她多次听母亲及女仆讲过这些神的故事。

公主从树根跳下来，混入众神之中。众神很美，但她也毫不逊色——尽管众神是火与空气做的，公主是土与水做的。她如此美丽，没有人注意到任何异样。公主打听到因陀罗的宫殿便立刻走了过去，在那儿她看到七姐妹正在为因陀罗跳舞。她们看上去优雅又美丽，连公主也看入了迷、心动不已，她不得不怀疑丈

---

① 伊斯兰教义中真主创造的第一个人，基督教中译为"亚当"。

夫经受过她们的诱惑是否还保有处子之身。然后她挺起身子,摆出庄重的姿态。

"因陀罗王!"她大声喊道。

因陀罗抬起头,惊讶于有人胆敢打扰他的兴致,而且语气那样大胆。

"你是谁?"他问道,眼睛盯着声音传来的方向。当他看到她时,感到体内被七姐妹诱惑的舞姿搅起的体液涌了出来。他后悔将这些液体浪费在了衣服上,没能洒到那些含苞待放等待他的女神身上。

都怪说话的女人实在太迷人了。她看着他满是情欲和盘算的眼睛,大声回答:"我是因陀罗瓦提。"

因陀罗将身子缩回王座。这个名字的意思是"因陀罗的女儿";他没法向她求爱,更别说占有她了。他当然不能与自己的女儿结合。

"你想要什么?"他问道,声音已经失去了威严。

"我的大人,"因陀罗瓦提说,"这些舞女诱拐了我的新郎,把他关在一座塔里。我想要他回来。"

因陀罗有些犹豫。

"这些迷人的女子,"他似乎不情愿插手,"如果她们能够迷住他……"

"她们是女巫啊,我的大人!"因陀罗瓦提说道。

七姐妹停下舞步,挤作一团,以奇特的姿势蜷在地上,眼珠乱转,舌头打战,发出奇怪的呼吸声。

"把你们的裙子掀起来!"因陀罗命令道。

"不!不要啊,我的大人!"七姐妹尖叫着说,

"不要这么做！"

但因陀罗没有动摇。她们只好把裙摆提了起来，露出倒长的双脚，形似富人的手杖，底下有个小球，脚趾像鹰爪从后面伸出来。

因陀罗将七姐妹赶出了天庭，并破除了她们的法术。当因陀罗瓦提回到那棵菩提树下，她看到丈夫及随从站在那儿等着她。他们一同来到了他的王国，大家早都等得不耐烦，至少已经等了一两个月了。

这对新婚夫妇终于来到他们的婚房。公主不必再故作娇羞，可以尽情享受感官的愉悦，因为是她挽救了王子的生命，她的爱与忠诚毋庸置疑。

七姐妹还在那棵菩提树上，有时会飞上其他菩提树，看上去就像一群乌鸦。她们无法死亡，除非找到继承人并向其传授神秘的不洁法术，确保女巫的力量得到延续。

芬恩的疯狂

（爱尔兰）

有一天，芬恩和费奥纳勇士团[①]路过斯莱恩[②]附近的一处浅滩，决定坐下休息一会儿。就在他们坐在那儿时，忽然看到河滩一块圆石上坐着一位年轻女子，身穿丝绸长裙，披着绿色斗篷，上面别着一枚金色胸针，头上还戴着一顶金皇冠，表明她是一位尊贵的王后。"爱尔兰的费奥纳勇士，"她开口说道，"派一个人过来跟我说话吧。"

于是西尔斯布雷亚——这个名字在爱尔兰语中的意思是"带斑点的盾牌"——走上前，问她："你想找谁？"她说："芬恩，库尔之子。"芬恩听到后走了过去，问道："你是谁？你想要什么？""我是黛安，达格达[③]之子博德·德阿格的女儿，"她说道，"如果你能

---
① 爱尔兰传说中最著名的精锐战团。
② 爱尔兰地名。
③ 爱尔兰神话中的众神之父。

给我心仪的新婚礼物，我愿意成为你的妻子。"芬恩问她："你想要什么新婚礼物？"她说："我要你的承诺，答应我在结婚后的一年里，我是你唯一的妻子，这之后你也至少要有一半的时间属于我。"芬恩说："我不能答应你。我不会答应任何一个女人这个要求，所以也不能答应你。"

听罢，年轻女子从衣服里掏出一个银杯，倒满烈酒，递给芬恩。芬恩问："这是什么？"她说："这是非常烈的蜂蜜酒。"芬恩身上有种束缚，不能拒绝任何宴会上的东西，于是接过酒杯，一饮而尽。一瞬间，他像是发了狂。他把脸转向勇士团，借着这阵酒疯，滔滔不绝地数落起战场上每个人造成的每一次伤害、犯下的每一次失误，以及遇上的每一件坏事。

勇士团成员纷纷起身，表示要回自己的家乡，最后只剩下芬恩和卡尔特[①]留在原地。这时卡尔特也站起来，说道："爱尔兰的勇士们，不要被仙山来的妖精的把戏迷惑，背弃我们的神与领袖。"说完他转身一个个去追那些离开的勇士，一共跑了十三趟。夜幕降临，芬恩的舌头终于不再发苦。卡尔特追回勇士团所有成员后，芬恩心智也恢复了正常。他想起之前的所作所为，羞愧得只想倒在自己的剑下死去。

而卡尔特一生中还没有哪天这么累过。

[①] 芬恩的侄子。

水妖

（匈牙利）

从前有一位富有的磨坊主，家产丰厚，也善于经营。但不幸在一夜之间降临，磨坊主陷入穷困，甚至连磨坊也难保住。他日日徘徊在绝望与痛苦中，夜夜辗转难眠，悲观得无法自拔。

一天早上，磨坊主索性早早起了床，想出门呼吸一点儿新鲜空气，改善心情。他沿着磨坊的池塘漫无目的地走着，忽然听到水里沙沙作响。他靠近一看，只见一位皮肤白皙的女子正从水波中缓缓升起。

他马上意识到这是传说中的水妖，顿时吓得不知该拔腿就跑，还是该待在原地不动。这时，水妖开了口。她轻声叫着他的名字，问他为什么这样悲伤。

水妖友善的语气一下子打动了磨坊主。他敞开心扉，把自己从荣华富贵到一贫如洗的故事告诉了她，还说自己现在又穷又丧，不知该何去何从。

水妖安慰了他一番，又许诺说，只要他愿把家里最年轻的生命送给她，她就会让他变得比从前更加富有。

磨坊主以为水妖想要他家中刚出生不久的小狗或小猫，就欣然答应，满怀希望回了家。他刚到家门，就有仆人跑来告诉他，他的妻子刚刚生下一个男孩。

这对可怜的磨坊主来说无疑是晴天霹雳。他怀着沉甸甸的心，向妻子吐露了刚刚和水妖达成的可怕交易。他说："只要能救我的孩子，我愿意放弃水妖给我的所有财富。"但交易已经达成，没人能想出好办法破解，大家只好格外小心，不让那孩子靠近池塘。

日子一天天过去，磨坊主的儿子茁壮成长。磨坊主也时来运转，几年之后果然变得比之前更加富有。但这些财富没能使他高兴，因为他没有忘记和水妖的交易，知道她迟早会要他兑现承诺。一年年过去，男孩长成了一名优秀的猎人，聪明勇敢，出类拔萃，还被领主征召到麾下。又过了不久，他和一位年轻美丽的女子结了婚，过着平静而快乐的生活。

一天猎人在外打猎，一只野兔从他脚边跳开，跑向一片开阔的空地。猎人连忙追了上去，费了一番工夫才把它打死。他一心想着处理到手的猎物，丝毫没注意到，不远处就是他从小被警告不得靠近的池塘。给猎物剥完皮，猎人走向水边，想洗去手上的血污。指尖刚沾到水，水妖便从水中升起，用湿漉漉的胳膊将他拽进池塘，随后一同消失在水波中。

这天晚上，妻子没等到他回家，十分不安。当听说有人在池塘附近发现了他随身携带的打猎包时，她马上就猜到发生了什么。她被巨大的悲痛压垮，绕着池塘一圈又一圈地走着，不停呼唤丈夫的名字。由于过度悲伤和劳累，她终于倒下了。熟睡中，她梦见自己漫步在一片野花烂漫的草地上，不知不觉来到一座简陋的小屋前，里面有一位年长的女巫，许诺会帮她找回丈夫。

第二天早晨，她一醒来便决心出发去寻找这位女巫。她走了许多天，终于来到那片野花烂漫的草地，找到了女巫住的那间小屋。她向女巫倾诉了自己的遭遇，以及她如何通过梦境得知女巫能帮助自己。

女巫教她在第一个满月之夜去池塘，用一把金梳子梳理她的黑发，再将梳子放到池畔。猎人的妻子对女巫千恩万谢，又献上精美的礼物，然后回到家中。

等待满月的时间如此漫长。待这一天终于到来，满月刚刚升起，猎人的妻子便来到池塘边，用金梳子梳理了黑发，再将梳子放到池畔。她焦急地盯着池水，很快就听到一阵沙沙声，只见池中突然涌起一个巨浪，卷走了梳子。接着她的丈夫从水中露出了脑袋，悲伤地注视着她。但另一个巨浪随即扑来，丈夫没来得及说一句话就再次沉入水中。水面恢复平静，毫无波澜，在月光下闪闪发光。猎人的妻子更加悲伤了。

绝望中，她又开始日复一日、漫无目的地游走，终于再次累垮，沉入睡梦。她又梦到了那位女巫。于是，第二天一早她再次出发，来到野花烂漫的草地上的那间小屋，向那位女巫倾诉自己的悲伤。这次，女巫教她在下一个满月之夜去池塘边吹奏一支金笛,再将笛子放到池畔。

下一个满月之夜终于来临,猎人的妻子走向池塘,用金笛吹奏了一首曲子,再将笛子放到池畔。一阵沙沙声后,一个巨浪卷走笛子,丈夫露出了脑袋,接着是肩膀;他升得越来越高,直到半个身子都露出水面。他悲伤地注视着妻子,向她张开双臂。但另一个巨浪扑来,再一次将他带走。站在池塘边的妻子眼睁睁看着丈夫被夺走,一颗欢喜的心又跌入绝望的深渊。

唯一的安慰是,她第三次走入了同一个梦境。她决心再次去那片草地见那位女巫。这回女巫教她在下一个满月之夜去池塘边用一架金纺车纺纱,再将纺车留在池畔。

猎人的妻子照做了。到了下一个满月之夜,她在池塘边用金纺车纺了一卷纱,再将纺车留在池畔。很快她丈夫露出了脑袋,接着是身子,越升越高,直到脚踏上池岸,整个人扑在妻子身上。

然而池塘的水突然上涨,漫过两人脚下的地面,眼看就要淹没他们。情急之中,年轻的妻子呼唤女巫的帮助。刹那间,猎人变成了一只青蛙,妻子变成了一只蟾蜍。但他们没能在一起,滔滔大水中,他们彼此失散了。等到洪水散去,他们恢复了原形。但两人都发现自己身处陌生的国度,谁也不知对方的下落。

猎人决定成为一名牧羊人,妻子恰好也有同样的打算。于是,在很多年里,他们各自孤独又悲伤地牧羊。

有一天,猎人来到了妻子生活的国度。他很喜欢这个地方,肥沃的草地正适合放牧。于是他将羊群赶到这里,像以往一样放牧。后来牧羊人与牧羊女相遇了,他们很快成了朋友,但并没有认出对方。

但在一个满月之夜,他们坐在一起看着羊群,牧羊人吹起了笛子。牧羊女想起很久之前的那个满月之夜,那时她坐在池塘边吹奏金笛。回忆太痛楚了,她忍不住流下了眼泪。牧羊人追问她为什么哭泣,直到她说出答案。这时,牧羊人感觉有一层痂从眼睛里掉了下来——他认出了自己的妻子,她也认出了他。他们欢欣雀跃地回到了家乡,从此过上了平静而快乐的生活。

罗蕾莱水妖

（莱茵兰[①]）

从考布[②]沿莱茵河而下，便会来到高耸的罗蕾莱礁石脚下，从前这里是水妖的王国。她们闪闪发光的宫殿矗立在汹涌的波涛之上，四周环绕着青翠的草地与庄严的森林。

随着越来越多人住到了莱茵河两岸，河上渐渐挤满了大大小小的船，水妖只好忍痛离开了她们的家园。只有一名水妖留了下来，因为她实在舍不得离开这条深爱的河流。月明之夜，她常常坐在礁石上梳理金发，用魅惑的声音唱起动人的旋律，听到的人都着了迷。很多船夫听到这甜美的歌声，忍不住抬头寻觅佳人的身影，然后被她的美貌迷住，忽视了河中的危险。所以这一带常常有船只被凶险的漩涡吞噬，沉入河底。

中世纪时，莱茵河畔城堡林立，战鼓激昂，歌

---

① 指德国西部莱茵河中游地区。
② 德国莱茵兰－普法尔茨州的一座城镇。

声与欢笑飘荡。一位年轻骑士——贵为行宫伯爵之子——想要爬上礁石,好看看美丽的水妖。他只带了一名侍从,乘小船沿莱茵河而下。船行驶到礁石附近时正值黄昏,女妖高坐礁石之上,沐浴着最后一缕阳光。她魅惑的歌声让年轻的骑士忘了一切,汹涌的河流将小船撞向尖利的礁石。船沉入河底,也带走了骑士。他的侍从死里逃生,将这个不幸的消息带给了行宫伯爵。

行宫伯爵悲愤交加,派人去捉拿水妖,发誓要将她从礁石高处抛进河里。当那些人靠近时,水妖从脖子上摘下一串珍珠项链,一边将散开的珠子扔进莱茵河,一边说:

> 深水幽谷中的父亲,
> 把我从这些人手中救出来吧!
> 借我洞中的白马,
> 载我乘风破浪!

只见两条巨浪从河中腾空而起,如两匹闪耀的骏马,直扑到礁石顶上,水妖骑浪而下,隐入洪流,从此销声匿迹。

红发康拉与仙女

(爱尔兰——帕特·瑞安讲述)

很久很久以前,身经百战的康恩是统治全爱尔兰的至高王①。为了庆祝贝尔丹火焰节,五月一日的前一天晚上,康恩与他的儿子红发康拉一同前往乌斯纳克山。他们将在那里点燃篝火,拉开节日的序幕,迎接夏天的到来。

父子俩走在山坡上,高大的身影吸引了所有人的目光,没有战士比他们更英勇。红发康拉更是赢得了当地所有女人的心。他一头红发鲜艳如落日,皮肤雪白似牛奶,眼睛像天空一样湛蓝,脸颊红得像沾着刚宰杀的牛犊的血。他们就这样忙活开了,百战康恩与他心爱的儿子,国王与他的继承人。他们边干活儿边聊天,话题五花八门,从歌曲、小鸟到美丽的女人。忽然,一阵风迎面吹来,那是穿越雨雾、自遥远的西方而来的清风。伴

---

① High king,爱尔兰传说中地位最高的国王,统治其他地位较低的国王。

随着清风传来一个声音，比清晨云雀的歌声还要甜美动听。"康拉，红发康拉，过来，当我的爱人吧。我们是天造地设的一对。来当我的爱人吧。"

所有人都停下脚步，聆听风中的声音。红发康拉四处张望，忽然盯着天空，脸色苍白。

"怎么了，儿子？"百战康恩问，"你看到什么了？"

红发康拉说："我看到一位美丽的女子，比我见过的任何女人都要美。她的头发耀眼如朝阳，眼睛碧绿如山丘。她的皮肤柔软又洁白，仿佛海上的泡沫。她的脸颊似玫瑰，粉唇如珊瑚。她说她只爱我一人。"

声音再次响起，仙女在风中呼唤："红发康拉，来当我的爱人吧。让我们的身体像树枝那样相互交缠，合二为一，因为我们是为彼此而生。我要带你去提尔纳诺，穿过雾，越过雨，那里是青春不老之地，你会成为我的丈夫。"

百战康恩这位英勇非凡的战士那天第一次感到恐惧。他害怕儿子会追随那位仙女而去。他召来所有的武士、法师、男智者与女智者，命令他们生火、唱歌、念咒，抵御仙女的魔力，拯救他的儿子与继承人。于是这些魔法师——爱尔兰德鲁伊[①]——烧起高高的火焰，比最高的树还要高，并念起咒语，风向陡然改变，仙女像云朵一样被吹走了。但就在消失之前，她从怀中掏出一个金光闪闪的苹果，扔到了红发康拉脚下。

---

① 凯尔特文化中主管宗教的特权阶层。

康拉捡起苹果，捧在胸前。

整整一年零一天，他垂头丧气，一声不吭，再也没有露出笑容。整整一年零一天，他不吃也不喝，就这样捧着苹果，饿得受不了时就拿起苹果咬上一口，只要一口他就满足了。然后只要他再把苹果捧到胸前，苹果立刻又变得完好无缺。

就这样过了一年零一天，又到了五月一日。贝尔丹火焰节降临大地，人们燃起火堆，庆祝夏日的到来。爱尔兰至高王百战康恩又一次与他心爱的儿子、继承人红发康拉一同走在乌斯纳克山上。但康拉依然垂头丧气，无心聊天，没能像国王那样谈论女人、歌谣、故事与智慧。走到山顶时，风向忽然变了，一阵清风穿过雨雾，带来一个声音，甜美婉转，比鸟鸣更动听。那声音呼唤道："康拉！红发康拉！来当我的爱人吧。"

百战康恩立刻意识到这就是一年零一天之前的那个声音。他召来法师，命令他们施咒。但这一次他们的法术失灵了，仙女的声音没有消失。

"红发康拉，来当我的爱人吧。最伟大的战士！最英俊的男子！你当随我乘上水晶舟，穿过雾，越过雨，去提尔纳诺，青春不老之地，我会给你带来无上的快乐。你将拥有无尽的乐趣。我们会像森林中的藤蔓与树枝那样相互交织，我会把你带去仙女岛，在那里你将享受到一切乐趣，你会成为我的丈夫。"

红发康拉对仙女的爱如此强烈，他忘了他的父王，他忘了他的人民，他忘了乌斯纳克山上的祭司与法师，以及整个贝尔丹火焰节的夏日庆典。他一跃从山顶跳到山下，又七步从爱尔兰腹地来到了西海岸。他跳进大海，划了七下赶上第七个浪头，爬上一叶透明的独木舟——仙女的水晶舟，她就坐在船上等着他。他们双臂紧紧相拥，甜蜜地亲吻。百战康恩和他的战士与法师只赶上了两人扬帆远去的背影，他们已经穿过雾，越过雨。

红发康拉再也没有回到这片土地。百战康恩只好把王位传给另一个儿子。很多很多年过去，到处流传着仙女的传说。一天，爱尔兰西部出现了一群孩子，头发如落日般通红，如朝阳般闪耀，他们自称是红发康拉与仙女的孩子，来自雨雾背后的提尔纳诺。他们给中土世界的孩子们讲起那里的故事，唱起那里的歌谣，比早晨云雀的歌声更动听。这就是提尔纳诺传说的由来。

高文爵士的婚礼

（英格兰）

孩子，我想你对人生充满了期望：你期待着打造你想要的人生，就像铁匠锻造金属那样。然而，事实上是生活塑造我们，而不是我们塑造生活。对这点我确信无疑。我给你讲讲是什么将我带到这座帐篷里，我也是为我自己讲这些故事。要知道即便是国王也必须接受生活提出的条件，也无法随心所欲地打造人生。

我要跟你讲个故事，告诉你生活是如何挑战我们、打击我们并最终战胜我们的。

国王有一天在王国北部旅行，忽然被一个毛发浓密、举着一根木棍的巨人挡住了去路。"走开，让我过去。"国王说。

"要过去先过我这关。"巨人说。

国王心想："我要教训一下这家伙。"他拔剑一挥，砍中了巨人手中的木棍。与此同时这位英格兰国王应声倒地，自己挨了一顿教训。毛发浓密的巨人把亚瑟王打得青一块紫一块,然后将他的手脚绑到他的马肚子下,把他带走了。

第二天一早,亚瑟王睁开眼,发现自己被扔在一间大厅的角落,原来这里是巨人的家。巨人正用一根棍子戳他。"嘿,还活着呢?"说着巨人从腰间拿出一把脏兮兮的短刀,为国王松了绑。亚瑟王全身僵硬得像一匹老马,赶紧活动了一下身子。

"你现在是我的手下,"毛发浓密的巨人说,"我让你做什么你就做什么。"

接下来好几个星期,国王累死累活,为这个暴躁的恶霸跑腿干活儿。他再也无法忍受这种生活了,却无处可逃。这位本不用向任何人下跪的国王只好屈膝,求巨人放他一条生路。"如果你不想要赎金,告诉我你想要我做什么。"国王说,"只要是我能做到的我都给你,求你放我走吧。"

毛发浓密的巨人发出一阵低沉的笑声,听上去像在咆哮,他说:"国王,只要答应我一个条件我就放你走。我会出一个谜题,在一年零一天内,你要回来告诉我答案。如果你答不上来,就拿命来偿。"

亚瑟王不知道巨人会出什么谜题,但他一向擅长猜谜,宫廷里很流行这类游戏。所以他迫不及待地答应了这个条件。"告诉我,"他说,"这个谜语是什么?"

"很简单,"毛发浓密的巨人说,"你必须告诉我,女人最渴望的是什么。"

"那就一年零一天后见。"亚瑟王说。

回去的路上,亚瑟王问了遇见的每一个人这个问题。有人答"一个好丈夫",有人答"一个有钱的丈夫";有人说"英俊的儿子"或"美丽的女儿";有人说"衣服"或"珠宝";有人说"奉承"或"关注";很多已婚男士说"悠闲的一生"。但国王认为这些答案都无法满足那位毛发浓密的巨人。

宫廷里的人也没能给出更好的答案。于是他请我帮忙,他向西骑行,而我向东骑行,一路上向各种各样的人打听。到最后我们各自收集到的答案都有一本书那么厚,但没有一个能令所有人满意。

履行承诺的日子很快到来,亚瑟王带着这两本答案赴约。路上他灰心丧气,也不再征集答案。他骑在马上,一言不发,独自穿过幽暗的森林。

在一条蜿蜒狭窄的小道上,他的马被绊了一下。亚瑟王抬起头,只见一道光照在一片林间空地上,二十四个人翩翩起舞——我们最好别提她们的名字。他快马走近,舞者消失了。只剩下一个面目可憎的女人,身披黑巾,坐在空地中央的一块石头上。她看上去是那么丑、那么老、那么邪恶,亚瑟王不禁打了个冷战,转头要走。

一个低哑的声音拦住了他的脚步。那人站起来说了几句话,看着活脱脱是个老巫婆。亚瑟王骑马向她走去,想听清她说什么。当他走近时,一阵浓雾缠绕住马的四条腿。

"你是亚瑟王,"女人说道,"你要是答不出一道棘手难题就性命难保。我说得没错吧。"

"没错,你是怎么知道的?"

"那么亚瑟王,女人最渴望的是什么呢?"巫婆问道。

亚瑟王再一次绞尽脑汁,还是没能想出一个能让所有女性满意的答案。他老老实实说:"我答不上来。"

"我可以告诉你答案,"干瘪的老太婆说道,"只要你实现我一个愿望。"

"没问题,"亚瑟王脱口而出,"快告诉我这个谜题的答案。"丑陋的老太婆在他耳边低语,亚瑟王一听,立刻明白这就是正确答案,长舒了一口气。"好心的妇人,那么现在告诉我,"亚瑟王说,"你的愿望是什么呢?金子、珠宝、贵族头衔还是土地——只要你开口,这些都是你的。"

"我不要金子、珠宝、头衔或土地,"她答道,"我只要这个:一个月后我会前往你的宫廷,你要让我嫁给一位圆桌骑士。"

亚瑟王一时语塞。没有哪位骑士会愿意娶她为妻。但他还没来得及开口,巫婆就消失在浓雾中。

当亚瑟王来到曾经当牛做马的宅子时,并没有想好该怎么做。他将我和他收集的答案一个个说出,但毛发浓密的巨人哈哈大笑,一个劲儿摇头。最终,亚瑟王说完了全部答案,陷入沉默。他宁死也不愿给出老太婆告诉他的答案,因为他实在没法强迫哪位圆桌骑士娶一个巫婆。

"所以你没答出这道谜题。我只好要你的脑袋了。"巨人发出一阵狂笑,"看来你那些著名的骑士脑子跟胳膊一样不好使。"

亚瑟王实在咽不下这口气,他盯着巨人,一字一句地背出答案:

> 自夏娃诞生,便只有一个愿望
> 掌握自己的命运,其他皆浮云

说罢他转身离开,巨人没有阻拦他。

亚瑟王回到宫廷后,每一个听到答案的女人——无论少女、少妇还是寡妇——都没法否认这个答案。我们都为国王平安归来感到高兴。只有亚瑟王本人笑不出来。他告诉我们,为了得到这个答案,他不得不答应把一个老太婆许配给一位圆桌骑士。他还说:"她是我见过的最丑陋的女人。"

我在波提拉克爵士的城堡曾经被美貌迷惑,知道对外表的迷恋不过是出于内心的虚荣。我日日夜夜感到羞愧,这个女人听上去像是适合我的伴侣。我告诉国王,她是个丑陋的魔王也没关系,我很乐意娶她为妻。于是我们定下婚期,开始筹备婚宴。

婚礼的日子终于到了,所有的宫廷成员排成两行,迎接这位救了国王一命的老太婆。我的准新娘骑着一头饱经风霜的老驴来到卡美洛城堡,吓坏了围观的人群。她脏兮兮的头发打着结,几块地方秃了,露出鳞片般的头皮。她干枯的脚掌像鸟爪，四肢变形，身上没有一处不畸形丑陋。比奇形怪状的身体更可怕的是她的脸：皮肤粗糙起皱，眼睛浑浊，鼻子长着瘤子、淌着鼻涕，嘴巴像一道伤口，萎缩的嘴唇遮不住一口黄浊的烂牙。每个人看了都瑟瑟发抖。她穿着婚纱，活像一幅讽刺新娘的恐怖画像。

整个仪式死气沉沉，婚宴上大家心不在焉地拨弄食物，我的新娘则是连餐具都懒得用，直接用脏兮兮的指甲撕扯着面包和肉，大口大口塞进嘴里，肉汁从嘴角溢出来。她足足吃了够六个人吃的食物，喝了够九个人喝的酒。

进入婚房后，与她独处一室，我忍不住双手颤抖，面无血色。这个可怕的女人一把抓住我的胳膊，说："怎么了，亲爱的？快过来吻我吧。"

我一阵恶心。但我发誓，当我把脸转向她时，想到人们像唾弃肮脏的动物一样嫌弃她，心里涌起对她的同情，她的触摸竟然不再让我反感了。我闭上眼睛，亲吻了她淌着口水的瘪唇。

她抱着我，说："睁开眼看着我吧，我的丈夫，我们已经合二为一了。"我睁开双眼。

一位楚楚动人的少女出现在我面前，年龄不过十八，美丽得令我不禁跪倒在她面前。整个房间都充满光芒。

"我是你的新娘，"她说，"我是打败亚瑟王的那个巨人的女儿，我被我那邪恶的父亲施法，变成那副恶心的模样。你的吻解救了我,让我恢复了原形,但这魔咒并没有完全解除。现在你有一个选择的机会:你可以让我白天或者夜晚变成现在的样子,但不能两个都要。每二十四小时中的十二小时,我必须仍是你娶我时的那副丑样。高文爵士,认真考虑再做出选择。想想我以那副巫婆似的样子出现在宫廷贵妇们面前时的心情;也想想晚上你看到我那副模样时的感受。认真想想,做出你认为更好的选择吧。"

我被她的可爱彻底征服了,根本无须思考。我说:"我的新娘,你才是这个可怕魔咒的主要受害者。你为我们做出选择吧,不管是什么我都会很满意。你的心愿就是我的心愿。"

她笑了,说:"你的爱解开了我父亲的谜题。你给了我女人最渴望的东西,掌握自己的命运。魔咒已经完全解除了,从现在开始,无论白天黑夜,我都会像现在这般美丽。"

是的,孩子,我们以为自己能决定一切,但最终我们只能接受命运的决定。至少对于这个世界上的男人来说是这样,我们是可怜的生物,即便国王也不例外。即便我至死都要唾弃的兰斯洛特爵士也不例外。

Part
02

睿智的妇人

爱你胜过爱盐

（苏格兰）

从前有位国王，他与王后有三个美丽的女儿。国王与王后对她们疼爱有加。可王后有天忽然病倒了，病得非常非常厉害。她日渐虚弱，不久便去世了。国王失去了美丽的王后，女儿们也失去了母亲，伤心欲绝。

国王把女儿们召唤到跟前，说道："孩子们，你们的母亲去了另一个世界，我希望有一天能再次与她相遇。但你们别太伤心，放心，我会照顾好你们。等哪天我也走了，你们中有一个人将成为这片国土的女王。"

时光飞逝，三位小公主长大成人。国王很会享受生活，尤其喜欢打猎和射击。他是一位好国王，深受臣民爱戴。但一天晚上，国王想到：我已经老了，膝下无子。我的一个女儿一定会成为优秀的女王，但她们三人中选谁好呢？谁最合适？我知道她们都很善良仁慈，都非常好，但我必须考验她们一番，看谁最适合继承王位。

国王忙于国事，没有多少时间与几位公主相处。不过他每天都会见她们，一块儿吃饭和闲聊，但一直没能严肃地讨论这个话题。一天傍晚，他打发走了宫廷里的所有随从，因为他想和女儿们好好聊聊。晚饭过后，他把三位女儿叫到跟前，让她们围成一圈坐下。

他说："姑娘们，我想跟你们好好聊聊。你们的母亲去世很久了。我和宫廷里其他人尽了最大的努力将你们养大，教育你们，让你们长成我们期望的样子——合格的公主。我从没跟你们认真谈过这个话题，但今晚我要做个决定，等我去世以后你们谁将成为女王。"

公主们听完都很难过，纷纷说："爸爸，我们不想当女王，我们只想要您永远在身边！"

国王说："可是孩子们，我没法一直留在你们身边。总有一天我会离开这个世界。我会与你们的母亲团聚，而你们会留在这里。我不希望到时你们之间闹矛盾或起争执——哪怕吵一次架也会伤感情！你们要像爱我那样去爱我的子民。今晚我就给你们出道题：我要你们告诉我，你们到底有多爱我？"他把脸转向最大的女儿。

她回答说："父亲，我爱您胜过爱钻石、珍珠与这个世界上的所有珠宝。"

"很好，"国王说，"这是个好答案。"他接着问第二个女儿："你到底有多爱我呢？"

二女儿说："我爱您胜过爱世上所有的金子，胜过爱这片土地上所有的钱财。"

国王说:"真不错,非常好的答案。"他接着转向最小的女儿,她可爱又漂亮,只有十五岁,国王说:"那么,我最小的孩子,你有多爱我呢?"

小女儿回答说:"爸爸,我爱您胜过爱盐。"

"你爱我胜过爱盐?"国王反问道。

"对,爸爸,"她说,"我爱您胜过爱盐。"

国王听了很生气,简直气坏了!他说:"你大姐爱我胜过爱钻石与珠宝,你二姐爱我胜过爱世上所有的金子。而你,你爱我胜过爱盐!既然如此,我对你也没什么感情了!我要将你扫地出门,明天一早你就得离开。我再也不想看到你!你竟敢羞辱我——世上还有什么比盐更不起眼!"

国王第二天一早就将小女儿赶出宫殿,让她自力更生,再也不许回来。可怜的小公主伤心欲绝,而她的姐姐们乐开了花。她只来得及收拾几件随身物品,便背负着羞辱父亲的罪名离开了。

小公主走啊走,四处游荡,不知该何去何从。她走啊走,不知不觉来到一片森林前,找到一条小路,心想:沿着这条路走说不定会到哪个小村庄,我可以在那儿住下来。

但那条路把她带向森林深处,宫殿早已在遥远的身后。忽然,一间小屋出现在她眼前。公主心想:说不定今晚我能住这儿。

她走上前去敲了敲门。一位满头银发、衣衫褴褛的老婆婆打开了门。

她开口说:"亲爱的,你在这儿干什么呢?"

公主回答:"说来话长,现在我在找个过夜的地方。"

老婆婆问:"但你这是要去哪儿呢?"

公主说:"我也不知道,我在流浪……我被父亲赶了出来。"

老婆婆问:"你父亲?"

公主说:"对,我的父王!"

老婆婆说:"国王把你赶了出来?进来吧,给我讲讲是怎么一回事。"

老婆婆将年轻的公主带进小屋,给了她一些吃的,让她在壁炉边坐下来。壁炉边躺着一只大黑猫,它走过来,把头枕在小公主的膝盖上。公主轻轻摸了摸它,它像小猫一样发出咕噜声。老婆婆一脸惊讶,说:"我家客人来得不多,但我从没见这猫跟谁这么亲过。它分得出好坏。你肯定是个好人。给我讲讲你的故事吧。"

于是公主从母亲去世说起,她被父亲养大,从小生活在宫殿里,一直到她惹怒了父亲。也就是我前面讲的故事。

老婆婆说:"真是不幸。得有人给你爸爸上一课。"

公主说:"但我没法回去。我再也不能出现在宫殿里,爸爸再也不想看到我的脸。"

老婆婆说:"没准哪天他会很高兴再看到你呢!"

现在让我们回到宫殿里,国王与两位女儿生活在一起,而小女儿早已销声匿迹。身为国王,自然每天有人把饭送到他跟前,烤牛肉和烤羊肉之类,国王喜欢蘸着盐吃肉。一天他尝了一口，马上说："得加点儿盐！"他告诉厨师："拿盐来！"

结果他们战战兢兢地回答说："陛下，没有盐了。"

国王说："那我怎么吃饭！"

厨师说："陛下，我们找遍了全城，翻遍了每一块石头也没找到一粒盐！"

国王说："把肉拿走，没有盐我可吃不了！给我拿别的食物来！"

于是他们拿了些甜食给国王。第二天依然如此，日复一日。国王终于受不了了。他说："给我拿些烤肉来，牛肉、猪肉，什么都行！给我拿些真正的食物来！"

厨师们端了几道菜上来，但都没有盐味。国王于是派出士兵、信使、全国上下所有人手去找盐。他的两个女儿倒不在乎，她们可以天天吃甜食，不像她们的父王，苦于全国上下找不到一粒盐。

林中小屋里，公主与老婆婆成了朋友。她为老婆婆做饭和打扫房间，与黑猫更是亲密无间。老婆婆对公主喜欢得不得了。有一天，她拎着一篮草药从森林里回来——她每天都在森林里采草药。

她对公主说："明天我会很伤心。"

公主问："为什么呀奶奶，你明天为什么会伤心呢？"

"因为你要离开我了。"

"不，奶奶，我不想离开你。我也没地儿可去。"

老婆婆说："你要回去找你的父亲！"

公主说："我不能回宫殿，父亲已经把我扫地出门了。"

老婆婆说："现在他不会了。把你的裙子给我。"公主把身上的裙子脱下来递给她。

老婆婆走进最里面的房间，过了好一会儿才出来，手上的裙子变得破破烂烂，上面全是补丁。她又对公主说："现在把你的鞋给我。"公主把鞋脱了下来。接着老婆婆给她剪了头发，又从壁炉里抓了一把煤灰，抹在公主脸上，说："现在你可以回去见你的父亲了！"

"不，我不能回宫殿！"

"你必须去，"老婆婆说，"因为你可是未来的女王！"

"我，女王？"公主疑惑不解，"我的姐姐才会成为女王，她们爱父亲胜过爱金子与钻石。"

"可是你爱你的父亲胜过爱盐！"老婆婆走进厨房，拿出一个小帆布袋子，里边装满了盐。她说："你把这个拿去！宫殿的人肯定会欢迎你的。"

公主听了老婆婆的话，知道她是为自己好。她说："我一定会回来的，请相信我。"

老婆婆说："等你当上女王再回来！沿着你来时的路就能回到宫殿！"

于是公主与老婆婆道了别。

公主还不知道，老婆婆是一位女巫。她听了公主的故事后，让王国里的每一粒盐都消失了。即便有人从远方带来盐，一进入宫殿那些盐也会立刻消失得无影无踪，因为老婆婆对宫殿施了魔咒——没有盐能靠近宫殿。

这会儿国王已经快疯了。他丧失了味觉，如果有人能给他一粒盐，他宁愿放弃整个王国。两天之后，当他在全国征集盐，说再吃不到盐他就要死了，一位衣衫褴褛的赤脚少女出现在宫殿门前。卫兵一把拦住她，问她来意。

她说："我想见国王。"

"你要见国王做什么？"

"我给国王带了一件礼物。"

"一个光脚乞丐能给国王献上什么礼物？"

她回答说："我给他带了一袋盐。"

听罢，他们一秒也没有再耽搁，赶紧把她带到国王跟前。卫兵说："国王陛下，有人求见。"一头短发、光着双脚、穿着破烂裙子的公主出现在国王面前，手上捧着一个小袋子。

国王问："这个乞丐模样的女孩要见我做什么？"

卫兵、厨师以及所有人都激动地说："您不知道她给您带来了什么……她带了好东西！"

"她能拿出什么好东西？"国王说，"世上的好东西我应有尽有——黄金、钻石，我拥有一切。我只想要一点儿盐。"

卫兵说："国王陛下，这个少女带来的正是一袋盐。"

国王说："什么，她给我带了……她……快给我！"

公主走上前说："给您……"

国王连忙打开包，把手指伸进去，然后拿出来舔了一下。"天啊,"他说,"盐,世上没什么比盐更美妙!对我来说,它比钻石、珠宝、金子或王国里任何东西都要好!我终于能吃饭了,我终于不用挨饿了。"他转向衣衫褴褛的少女,说:"你想要什么?你给我带来了这世上我唯一想要的东西。你有什么愿望?我该给你什么奖赏?"

她抬起头来说:"爸爸,我什么奖赏也不要!"

国王一惊:"什么?"

公主说:"爸爸,我什么也不要。因为我爱您胜过爱盐!"

国王终于反应过来,这个女孩就是他的小女儿。他张开手臂拥抱了她,亲吻她的脸颊,热烈地欢迎她回家。他终于意识到,对他来说盐比其他一切更重要。宫廷里每个人都热情地欢迎小公主归来。国王去世之后,她成为女王,统治了这个国家很多年。她从未忘记她的朋友,森林中的老婆婆。我要讲的故事到此结束。

商人、老妪与国王的故事

（阿拉伯）

从前，在呼罗珊①的一座城市，有户人家家财万贯、声名显赫，仿佛受到真主偏爱，镇上其他人都嫉妒不已。然而他们好运慢慢到了头，钱越来越少，家人先后去世，最后只剩下一位老妇人。老妇人日渐虚弱，邻居不仅冷眼旁观，还将她赶出城外，说："这个老太婆不能留在这里，我们对她那么好，她却恩将仇报。"老妇人被迫住到一个破棚屋里，靠陌生人的施舍生活，就这样过了很长时间。

与此同时，那里的国王由于曾经与堂兄争夺王位，早就失了民心。全能的真主让他坐上了王位，但他对堂兄的嫉妒却仍未消散。他结识了一位维齐尔②，对他言听计从，还给了他大笔钱财。他开始盘问每一个来

---

① 古地名，包括现代伊朗领土的东北部、阿富汗部分地区和中亚大部分地区。
② 旧时为穆斯林君主服务的高级大臣。

到这座城市的陌生人，百般刁难，一旦发现不满的地方就没收他们的财产。

一位富有的穆斯林商人远道而来，对这一切一无所知。他在一个晚上到达城外，路过棚屋时给了老妇人一些钱，并对她说："愿你平安。"老妇人也大声祝福他。他卸下随身携带的商品，在她的棚屋里待了一天一夜。

原来路上有一群强盗尾随他，想抢他的钱财。逃过一劫后，他亲吻了老妇人，给了她一笔酬金作为报答。老妇人告诉他每一个进城的陌生人都会遭到盘问，说："我为你担心，维齐尔恐怕会为难你。"她将详细情况告知于他，又说："但别担心，带我一块儿到你的住处，要是他问你刁钻的问题，我来告诉你怎么回答。"于是商人带着老妪一同进了城，在旅馆安置下来，并且奉她为座上宾。

维齐尔很快得到消息，派人将商人带到他家中，问起他旅途种种。商人一一作答。大臣接着说："我要问你几个问题，你最好能答上来。"商人默默地站了起来。

维齐尔问："一头大象有多重？"

商人困惑不解，答不上来，差点儿要放弃了，但他最后说："请给我三天时间。"

大臣答应了。商人回到旅馆，向老妇人复述了问题。老妇人说："明天你去见维齐尔，告诉他'造一条船，放到海上，再往船里装一头象，标记水位上升了多少。然后把大象带走，往船里放石头，当水位上升到之前标记的位置时，把石头取出来去过秤，石头的重量就是大象的重量'。"

第二天一早，商人去维齐尔家中，告诉了他这个答案。大臣听了惊讶不已，又问："一个房间的四个角上分别有四个洞，每个洞里都有一条致命的毒蛇，如果你手边有四根棍子，每个洞要两根棍子才能堵住，请问该如何堵上所有洞呢？"

商人又一次陷入困惑，他跟维齐尔说："请给我一些时间，我思考过后再回答您。"大臣说："你先回去吧，记得回来给我答案，不然我要没收你的钱财。"

商人只好又去见老妇人，老妇人一见他困惑的神情便问："这次他又问你什么问题了？"商人复述了大臣的问题，老妇人说："别担心，我来告诉你答案。"

商人说："愿真主保佑你！"

老妇人说："明天你去告诉他，用两根棍子的一头堵住一个洞，然后把另外两根棍子交叉放在它们上面，两头分别堵住对角线上的第二个洞和第四个洞，再把前两根棍子的另一头堵住第一个洞对面的第三个洞。"

商人向维齐尔复述了这个答案，大臣惊讶不已，说："你可以走了，我没有其他问题了，你的智慧令我汗颜。"

后来维齐尔对商人以友人相待，商人告诉了他老妇人的事。维齐尔说："智者方能成就智者。"这位孱弱的老妪就这样用智慧保住了商人的财富与生命。

四件礼物

(布列塔尼)

在布列塔尼人的旧地康沃尔一带,生活着一个叫巴巴伊可·布里的女人。她有一座农场,侄女蒂凡尼帮她一同打理。两人每天起早贪黑种地、喂鸡、给牛挤奶、做黄油……除了自己干活儿,还要指挥农场里的工人。巴巴伊可要是能抽点儿时间休息休息,想想其他事就好了,就不至于满脑子都是钱,连为自己和蒂凡尼多花一分钱都舍不得。她恨透了穷人,称这些懒家伙不配活在世上。

巴巴伊可就是这么一个人,所以可以想象有天她发现蒂凡尼在牛舍外跟年轻的德尼聊得热火朝天时有多生气了。要知道德尼不过是个邻村的短工!她一把抓住蒂凡尼的胳膊,粗暴地把她拖走,大声嚷嚷:"你不害臊吗?竟然把时间浪费在这么一个穷光蛋身上!只要你开口,可有一打男人抢着给你买银戒指呢。"

"你也知道德尼能干得很,"蒂凡尼气得涨红了脸,

"他还在存钱,很快就会有自己的农场了。"

"胡说八道!"巴巴伊可呵斥道,"他得到一百岁才能存够钱。我宁愿你死了,也不愿见你嫁给这么个穷得底朝天的家伙!"

"他强壮又年轻,没钱有什么关系?"蒂凡尼问道。但她婶婶听了很惊讶,根本没让她把话说完。

"没钱有什么关系?"巴巴伊可重复侄女的话,声音十分震惊,"你真的蠢到连钱的价值都不懂吗?如果这是德尼告诉你的,那我再也不许你跟他说话了,我再也不许他出现在我的农场。到此为止吧,去把衣服洗了晾干。"

蒂凡尼不敢违抗婶婶,心情沉重地走向河边。

"她真是铁石心肠,"蒂凡尼对自己说,"不,她的心比石头还硬一千倍。雨滴还能穿石,但就算你哭死她也不会在意。跟德尼说话是我唯一的乐趣,要是再也见不到他我宁愿去做修女。"

她心事重重地来到河边,摊开大堆要洗的衣服。忽然传来一声手杖敲在地面的声响,她抬头一看,一位模样有些奇怪的陌生老妇人站在跟前。

"老奶奶,您要坐下休息吗?"蒂凡尼边说边将衣服挪到一旁。

"对于风餐露宿的人,哪儿都能休息。"老妇人用颤颤巍巍的声音回答。

"就您自己一个人吗?"蒂凡尼很同情地问道,"您没有朋友家可以去吗?"

老妇人摇了摇头。

"他们都去世很久很久了。"她回答道,"现在我唯有依靠陌生人的好意。"

蒂凡尼沉默了一会儿,拿出一小块面包和一些培根递给老妇人,这本是她自己的晚餐。

她说:"请您把这些拿去吧,无论如何今天好好吃一顿。"

老妇人接过食物,盯着蒂凡尼看了好一会儿。"好人应当有好报,"她说,"你的眼睛红红的,是因为巴巴伊可不让你和那个邻村的年轻人说话吧。别难过了,你是个好女孩,我来帮你,让你每天都能跟他见上一面。"

"您怎么知道?"老妇人对她的事一清二楚,蒂凡尼觉得不可思议。

老妇人没回答这个问题,而是说:"把这枚铜别针拿去,只要你把它别到裙子上,你婶婶就会离开屋子去地里数卷心菜。所以只要戴着这枚别针,你就是自由的,只有当你把它取下来放回盒子里,你婶婶才会回来。"说罢,她对蒂凡尼点点头便消失了。

蒂凡尼呆若木鸡,如果不是手里握着别针,她简直怀疑是做了一场梦。她意识到老妇人并非凡人,而是能够预知未来的仙女。蒂凡尼回过神来才想起衣服还没洗,赶紧干起活儿来。

第二天傍晚,德尼照例在牛舍外等蒂凡尼。蒂凡尼刚把别针别到裙子上,巴巴伊可立刻穿上靴子出了门,穿过果园与农田,直奔卷心菜地。蒂凡尼迈着轻快的步子走出屋子，与德尼度过了一个愉快的傍晚。他们就这样约会了很多次。但事情渐渐发生了变化，这让蒂凡尼很伤心。

最初，德尼跟她一样珍惜两人相处的时光，但当他给她唱完所有他知道的歌、讲完他全部的发家计划后，他便开始觉得无聊了。原来他跟很多人一样，只想吹嘘自己，却不想倾听他人。好几次他都没来赴约，过后跟蒂凡尼解释说他有事进城了。蒂凡尼从没责备过他，但她明白他已经不像从前那么在乎她了。

一天天过去，她越来越伤心，脸色日渐苍白。一天晚上，她又没等来恋人，于是扛着水罐，慢腾腾地走到泉边取水。在那里她再次遇到了给她别针的仙女，她望着蒂凡尼，淘气地笑了笑，说："怎么了美丽的姑娘，能随时见到意中人怎么反而比以前更不开心了呢？"

"他已经厌倦我了，"蒂凡尼带着哭腔说，"他找各种借口躲着我。啊，亲爱的老奶奶，光见到他是不够的，我还要能让他开心，让他离不开我。他是那么聪明，请让我也变聪明吧。"

"这就是你想要的吗？"老妇人问，"如果是这样的话，把这根羽毛拿去吧。只要把它插在你的头发上，你就会像所罗门一样聪明。"

蒂凡尼开心得脸上泛起红晕，回家后她便把羽毛插到当地姑娘间流行的蓝发带上。就在这会儿，她听到德尼吹着口哨走了过来。她把婶婶送去数卷心菜后，便急不可耐地奔向恋人。一晚上她滔滔不绝，无所不知，德尼惊讶得说不出话来。她不仅唱得出布列塔尼每一个地区的歌，还能自己写歌。这真是那个一心向自己求教的安静姑娘吗，还是换了个人？她是疯了吗，还是身体里住进了恶魔？但无论怎样，德尼每天晚上准时赴约，却发现蒂凡尼一天比一天聪明。

很快邻居们也开始议论纷纷，因为蒂凡尼受不了那些嘲笑她穿着穷酸的人，忍不住戴上羽毛反击。他们听到她的嘲讽直摇头，说："这个坏脾气的丫头，哪个男人娶了她，连马车也要让给她赶。"

德尼很快也不安起来，他可不喜欢被人指挥。蒂凡尼的伶牙俐齿让他害怕，再听到她嘲讽别人时他也笑不出来了，而是涨红了脸，惴惴不安，担心下一个遭殃的就是自己。

有天晚上两人刚见面，德尼就告诉蒂凡尼他不能久留，要去参加邻村的一个舞会。蒂凡尼拉下脸来，她辛苦工作了一天，只盼着晚上与德尼相处。她巧舌如簧，试图说服他留下，但他怎么也不听，她生起气来。

"我知道你为什么那么想去跳舞，因为阿兹丽兹会去。"

阿兹丽兹是附近最漂亮的姑娘，而且和德尼从小就认识。

"对，阿兹丽兹会去，"德尼见她吃醋似乎颇为得意，"大家都大老远跑去看她跳舞呢。"

"那你去吧！"蒂凡尼冲进屋子，砰的一声关上了门。

她孤零零地坐在炉火边，心碎地盯着红彤彤的余烬。她一把扯下头上的羽毛，把头埋在胳膊里哭了起来。

"我要聪明有什么用呢，男人喜欢的是美貌！这才是我该要的东西。现在太晚了，德尼再也不会回到我身边了。"

"既然你这么想，我可以给你美貌。"一个声音响起，她抬头张望，只见老妇人拄着手杖站在她身旁。

"只要戴上这条项链，你就是世上最美的女人。"仙女说道。蒂凡尼高兴得叫出声来，她接过项链，赶忙戴上，急不可耐地跑到屋子一角照镜子。哈，这下她不用担心阿兹丽兹或其他任何姑娘了，谁能像她这般肤白貌美？她美滋滋地照着镜子，冒出一个念头。她匆忙套上她最好的裙子，穿上舞鞋，赶去邻村的舞会。

她在路上遇到一辆华丽的马车。

车上的年轻男子看到她，不禁惊呼："多漂亮的姑娘啊！我的国家没有哪一个姑娘比得上。我一定要娶她为妻。"

宽大的马车挡住了狭窄的路，蒂凡尼只好停下来，对车里的年轻人说："尊贵的大人，您走您的道，我走我的。我只是一个可怜的农家姑娘，只会挤奶、割草和纺纱。"

"你是农民也没关系，我会让你成为一位贵妇。"年轻人抓住她的手，想把她拉进马车。

"可我不想当贵妇，我只想当德尼的妻子。"蒂凡尼甩开他的手，跳下路边的沟渠，试图躲进麦地里。可惜年轻人猜到了她想做什么，让随从找到了她，一把将她塞进马车，砰的一声关上门，快马加鞭地跑了。

一个多钟头后，他们在一座华丽的城堡前面停了下来。蒂凡尼被抬出马车，抬进了一间大厅，同时一位牧师正要来给他们举行婚礼。年轻人想讨蒂凡尼欢心，就告诉她成为他的妻子后所能拥有的所有美好事物，蒂凡尼根本不想听，只想找机会逃跑。可难度不小。三扇大门锁得死死的，她被抬进来的那扇门也用弹簧锁上了。幸好她头上插着那根羽毛，在它的帮助下她发现木门板上有条裂缝，正透出微弱的亮光。她摸了摸裙子上的铜别针，大厅里的所有人立刻跑出去数卷心菜，而她成功地从小门钻了出来，但她不知该往哪儿走。

这会儿夜色已深，蒂凡尼精疲力竭，正好来到一座修道院前，便问能否留宿一宿。看门的女人粗暴地说这儿不收留乞丐，将她赶走了。可怜的蒂凡尼拖着沉重的步子继续往前走着，直到前方的灯光与狗吠告诉她，自己来到了一座农场。

农舍前站着两三个农妇，还有几个年轻小伙，应该是农场主人的儿子。蒂凡尼求他们让自己留宿一宿，女主人心软了，正准备让她进屋，但几个小伙被她的美貌迷得晕乎乎的，开始争吵谁来陪她。不一会儿他们动起手来，农妇们也急了，冲蒂凡尼骂起脏话。蒂凡尼赶紧沿着最近的小路跑去，想逃进黑乎乎的树林里，但身后很快响起追赶的脚步声，她吓得腿脚发软，急中生智，一把扯下脖子上的项链，套到沟渠里一头猪身上。身后的脚步声很快停下来，纷纷转向那头猪，因为她身上的魅力消失了。

她一路跌跌撞撞，终于回到婶婶的农场，高兴极了。但接下来的日子她都疲惫不堪，闷闷不乐，活儿也干不好。更让她伤心的是，德尼也不怎么来看她。他说自己太忙了，只有有钱人才有工夫闲聊。

她脸色越来越差，除了婶婶每个人都看出她不对劲。她虚弱到连扛水罐也费劲，但早晨与傍晚她还是得去泉边打水。

"我怎么能这么蠢，"一个黄昏，她边走边喃喃自语，"我不该要随时见德尼的自由，这只会让他很快厌倦我；我也不该要伶牙俐齿，这反而让他害怕；还有美貌，给我带来的只有麻烦。只有财富，财富能让自己和别人过得更好。唉，要是我还能向仙女讨要一件礼物，我一定会比之前更聪明，知道该怎么选了。"

"那我就满足你吧。"老妇人的声音响起，虽然蒂凡尼看不到她，但感到她就在身旁。"回家后看看你右侧的口袋，你会找到一个小盒子。把里边的油膏抹在你的眼睛上，你会创造出无穷无尽的财富。"

蒂凡尼并没有马上明白这是什么意思，但还是跑回农场，充满期待地翻开右侧口袋。果然，一只装着珍贵油膏的小盒子出现了。她正用油膏抹眼睛时巴巴伊可走了进来。自从她莫名其妙地花大把时间数卷心菜以来，农场状况急转直下，她雇不到一个短工，没人受得了她的坏脾气。看到侄女静静地站在镜子前，她气不打一处来，冲她吼道："我在地里干活儿时你就在忙活这些！怪不得田都荒了！你怎么这么不知羞耻？"

蒂凡尼结结巴巴地想编个借口，但婶婶已经气疯了，给了她一巴掌。蒂凡尼又疼，又困惑，又激动，再也控制不住自己，转过身哭了出来。令她惊讶的是，她的每一滴眼泪都变成了一颗闪闪发光的珍珠。巴巴伊可看到这个奇迹后发出一声惊叫，赶紧跪到地上捡那些珍珠。

正在此时德尼也推门进来了。"珍珠！这是真的珍珠吗？"他蹲下来边捡边问蒂凡尼，抬头才发现更多更美的珍珠正顺着她的脸颊滚落下来。

"德尼，当心别让邻居听见。"巴巴伊可连忙说，"你当然有份，但其他人一颗也别想得到。继续哭，亲爱的，继续哭。"她又对蒂凡尼说，"这是为你好，也是为我们大家好。"她把捡起来的珍珠用围裙兜着，德尼则把珍珠放到帽子里。

蒂凡尼再也受不了了。他们的贪婪让她喘不过气，她只想跑出房间，巴巴伊可一把拉住她，想让她继续哭。但蒂凡尼用尽全力忍住眼泪，擦干了眼睛。

"哭完了吗？"巴巴伊可失望地喊道，"亲爱的，再试试。你觉得稍微打她一下有用吗？"她又问德尼，德尼摇了摇头。

"这对第一次来说也够了。我去城里问问这些珍珠值多少钱。"

"我跟你一起去。"巴巴伊可谁也不相信,生怕被骗。他俩走了,留下蒂凡尼一个人。

她一动不动地坐在椅子上,眼睛死死盯着地面,手紧紧捏成拳头,像在用力与什么东西做斗争。最后她终于抬起双眼,看见仙女站在灶台边,正以一种嘲弄的表情看着她。蒂凡尼一下子弹起来,颤抖着把别针、羽毛和小盒子递给老妇人。

"这些都还给您,"她哭着说,"它们属于您。别再让我看到这些东西,我得到教训了。其他人可能拥有财富、美貌与智慧,而我只想当一个贫穷的农家姑娘,为我爱的人努力干活儿。"

"看来你得到教训了,"仙女说,"现在,你将与你所爱的男人结婚,过上平静的生活。毕竟,你心里想的从来都不是你自己,而是他。"

此后蒂凡尼再也没有见到老妇人。她原谅了德尼卖掉自己眼泪的事,德尼也慢慢变成了一个辛勤劳作的好丈夫。

哈贝特洛特

（盎格鲁－苏格兰）

从前，在塞尔扣克郡有位无忧无虑的年轻姑娘，比起纺纱她更爱在乡间采花，她可不喜欢手指被纺车磨出水泡。她的母亲是出色的纺织工，但任她如何苦口婆心，女儿就是不愿干活儿。最后她一怒之下把女儿关进房间，搬来一架纺车和七卷棉花，说："三天之内给我纺完这七卷棉花，不然有你好受的。"年轻姑娘一个人留在房间，哭红了眼。

她知道妈妈是动真格的，只好老老实实在纺车边坐了整整一天，捻线的手指酸了，扯线的嘴唇也痛了，但只纺出来三尺粗细不一、根本没法用的棉线。可怜的姑娘哭着睡了过去。第二天一早醒来，阳光明媚，鸟儿啼唱，她看着前一天惨不忍睹的劳动成果，心想：我待在这儿也没用，不如出去呼吸点儿新鲜空气。于是她悄悄爬下楼梯，蹑手蹑脚地经过母亲垂着帷帐的床，从厨房溜了出去，直奔河边。她在那儿四处闲逛，摘几朵报春花，听小鸟歌唱，好不惬意，直到她想起到头来她还是得回家，到时候母亲肯定会狠狠教训她。她面前有一个小土丘，她在河边找到一块表面光滑的石头，坐下哭了出来。石头中间有个流水侵蚀形成的天然圆孔，传说中这种石头是仙子的藏身之地。年轻姑娘很快听到石头里传来嗡嗡的声响，是一个尖细的嗓音，正哼着奇妙的曲调。她抬起头，只见一个小小的身影正在忙碌地转动纺车，长长的嘴唇像是专为扯棉线而生。姑娘向来很有礼貌，她说："夫人，您好呀。"小个子妇人愉快地回答："可爱的姑娘，你好。""您的嘴唇为什么这么长呢？"姑娘童心未泯地问。老妇人说："亲爱的，当然是为了拉棉线呀。"姑娘说："我也本该在纺纱，但我怎么也做不好。"她把自己的烦恼一股脑儿地说了出来。

"亲爱的，别担心，"善良的妇人说，"把那些棉花拿来，我帮你纺，肯定能赶上给你母亲交差。"姑娘听罢赶忙溜回家，很快取了棉花来。"我该怎么称呼您呢，夫人？"她问，"又该上哪儿取纺好的线卷呢？"但老妇人一转眼就抱着棉花消失了。姑娘有些不知所措，索性坐在石头上等。阳光暖洋洋地洒在身上，她很快睡着了，直到太阳落山天凉了才醒过来。她睁开眼，听到比之前更清晰的嗡嗡声与歌声，还有一束光从石头孔中射出来。她跪在地上往孔中瞧，一幅奇特的景象映入眼帘。一个巨大的石洞里，一群样貌奇特的小人儿坐在纺车旁，每个人都在飞快地纺纱。她们都长着长长的嘴唇、扁平的拇指和弯曲的背，她见过的那位妇人就在她们中间走来走去。其中有一位坐得比其他人都远，样貌也更丑陋，领头的仙子管她叫"小马布"。"小马布，活儿干得差不多了吧。"她边说边笑，"快把线卷好给我，我要拿去外边那个小姑娘家了。她还不知道我是哈贝特洛特！"

年轻姑娘立马反应过来，一路跑回家，刚到家哈贝特洛特就出现了，她递给她七卷漂亮的线。姑娘说："我该怎么报答您呢？"哈贝特洛特说："别告诉你妈妈是谁纺的线就行。以后有需要就叫我吧。"说罢消失在黑暗中。

母亲早早睡了，她一天都在忙着做黑布丁[①]——当地人叫"黑肠"，七根黑布丁高高挂在房顶。姑娘一天没吃东西，正饥肠辘辘。她把线卷放在母亲早晨睁眼就能看到的地方，然后生起火，拿出锅，煎了第一条黑肠。吃完她更饿了，又取下第二根。一眨眼的工夫，她竟然吃光了所有黑肠。她蹑手蹑脚地回到房间，脑袋一沾枕头就睡了过去。

第二天早晨母亲醒来，拉开床帐，一眼就看到几卷漂亮的棉线，比她见过的所有棉线都要漂亮，她几乎不敢相信自己的眼睛。不过，她昨晚挂起来的黑布丁上哪儿去了？一根也不剩，只有一个黑色炒锅留在灶台上。

她穿着睡衣就跑出门，像疯了似的大喊大叫：

[①] 英国传统食物，猪血制成的香肠。

> 我女儿纺了七卷线，七卷，七卷！
> 我女儿吃了七根肠，七根，七根！
> 都在一天之内。

年轻姑娘被这声音吵醒，一溜烟爬起来。

正巧有人骑马路过，不是别人，正是年轻的领主，他问道："夫人您在喊什么呢？"

母亲又喊了一遍：

> 我女儿纺了七卷线，七卷，七卷！
> 我女儿吃了七根肠，七根，七根！

"大人您要是不信的话，跟我来亲眼看看！"

于是领主随她来到家中，看到美丽的棉线后，他坚持要见纺纱的姑娘。见到纺纱的姑娘后，他请求她嫁给自己。

领主英俊、勇敢又善良，姑娘兴高采烈地答应了。但有件事始终令她不安，因为领主不断说起她纺的纱多么好，他多么期待婚后她能继续纺纱。于是姑娘跑到那块石头跟前，呼唤哈贝特洛特的名字。哈贝特洛特听了她的烦恼后说："别担心，亲爱的，把小伙儿带过来，我来帮你解决。"

第二天日落时分，两人站在石头旁，这时他们听到哈贝特洛特在唱歌，歌曲终了，她打开了一扇秘密的门,领着他们走进土丘中。领主被洞中奇形怪状的人惊呆了,问姑娘:"她们的嘴为什么是这种形状?"哈贝特洛特大声说:"你自己问她们呀。"每一个仙子都用尖细的声音嘀咕:"纺纱纺纱纺纱。"

"她们曾经长得都不赖,"哈贝特洛特说,"可惜因为成天纺纱,变成了这副模样。你的姑娘是个美人,可如果一天到晚纺纱也会变成这样哦。"

"她才不会!"领主脱口而出,"从今天起我再也不会让她碰纺车。"

"如你所愿,大人。"姑娘说。从此他们两人自由自在地游荡于乡间,她在他身后骑着马,像小鸟一样轻盈。而这片土地上的每一株棉花,都被送到老哈贝特洛特那儿去纺了。

灾星

(西西里)

从前西班牙有位深得民心的国王,他与善良的王后生了七位美丽的女儿。一家人过着幸福的生活,直到有一天,邻国的国王派来一支强大的军队。西班牙国王率领他的人英勇抵抗,但没能战胜敌人:西班牙国王沦为阶下囚,王后与七个公主逃到了一个遥远的村庄。她们保全了性命,但身无分文,只能靠做针线活儿勉强维生。她们绣的花漂亮极了,但不知为何就是没人买,于是她们常常吃了上顿没下顿。

一个夏夜,公主们去森林里采野草莓,留下王后独自在家准备晚饭。这时一个吉卜赛老妇人敲开了村舍的门,问王后要不要买她手上华丽的蕾丝花边,给钱或吃的都行。

王后说:"老婆婆,您请进,我可以给您一碗肉汤,但钱我实在是没有。我是那个不幸的西班牙王后,丈夫成了俘虏,如今与七个女儿一贫如洗。但您进来歇会儿吧，您要是愿意喝肉汤的话我给您盛一碗。"

吉卜赛老妇人进了门，在炉火边坐下。狼吞虎咽地喝完肉汤后，她把脸对着炉火，嘴里念念有词。

她说："王后，我能够看见过去与未来，读出凡人的命运。我知道如何给人带来幸运，或如何摆脱不幸。您的家庭之所以遭遇不幸，是因为您有个女儿是灾星。她被厄运之神缠上了。只要把那个女儿送走，您就能再次见到国王，并夺回你们的王国。"

"什么？"王后提高了声调，"把我自己的一个女儿赶走？"

"对，夫人，别无他法。"

"但是，是哪个女儿呢？"王后问道，"她们都那么善良，那么好——我怎么才能知道谁是那个灾星？"

"很简单，"吉卜赛老妇人说，"今晚等女儿们睡着后，您点着蜡烛去她们的床边，您会看到三个女儿朝右睡，双手垫着下巴。三个女儿朝左睡，胳膊放在被子里。一个女儿仰面朝天睡，胳膊交叉放胸前。她就是被厄运诅咒的那个，你必须把她送走，无论她到哪儿都会带来不幸。"

吉卜赛老妇人走后，王后心神不宁。

不久后七个女儿回来了。"我们一颗草莓也没找到！"她们嚷嚷，"一定是有人抢在我们前头摘光了所有草莓。唉，为什么我们总这么倒霉呢——为什么，为什么？"

"别担心，"王后说，"说不定明天运气就会变好呢。"

但公主们都抱怨她们从没交过好运。她们默默喝完肉汤后，每个人轮流对母亲行屈膝礼，就像过去她们还是教养良好的公主时那样，然后便上床睡了。

王后凝视着火光，想起吉卜赛妇人的话。她叹了口气，举起蜡烛，走进公主们的房间。七位公主躺在七张窄小的床上，都睡得沉沉的。她轻手轻脚走到床边，凑近看七个美丽的女儿：三个朝右睡，双手垫着下巴；三个女儿朝左睡，胳膊放在被子里；而第七个女儿，最小的那位公主仰面朝天，胳膊交叉放在胸前。"我亲爱的，我亲爱的，我真的要把你送走吗？"王后轻声叹息。

她忍不住哭了出来。

泪水滴落在小公主的手上，她从睡梦中醒过来，睁开眼。

"我最爱的妈妈，你怎么在哭？"

"小女儿呀，我们还需要什么哭的理由吗？我是王后，你是公主，可我们却像农民一样住在这么破旧的房子里。"

"但您不是为这个而哭吧，"小公主说，"我们已经在这儿住这么久了。是不是今天我们出门时发生了什么事，告诉我吧！"

"不，不，不！"

但小公主一定要知道。她问了一遍又一遍，最后王后只好将那个吉卜赛妇人的话告诉她。

小公主伸出双手搂住母亲的脖子，给了她几个大大的吻。

"我最爱的妈妈,快去睡吧。明天早上我们再来想想办法,早晨头脑比较清醒。"

王后听罢便回房睡了。待王后一睡,小公主便飞快地爬起来,穿上衣服,收拾行李,带着一个小小的包裹离开了家。

"再见了,亲爱的妈妈,再见了,亲爱的姐姐们。"她伤心地说,"现在,我这个灾星离开了,你们会交上好运的。"

灾星公主走啊走,天亮时刚好走到一幢花园环绕的美丽房子跟前。她偷偷往窗户里看,只见几个女人坐在里面劳作,有的在织布,有的在纺纱,有的在绣蕾丝花边。

她想,说不定我能在这儿干活儿。于是上前敲门。

一位妇人放下手中织布的活计,走上前来开门。

"尊敬的夫人,我能在这儿干活儿吗?"小公主问。

"好呀,我们正需要仆人。你叫什么名字?"

"灾星。"

"进来吧,灾星。好好干,我们就能相处得不错。"

灾星公主进了屋,夫人交代完她要做的事:打扫卫生、收拾房间和做饭等等。她一丝不苟地干活儿,平安无事地度过了一周。一天那位夫人说:"灾星,我和姐妹们要出门去看朋友,明天才能回来。你把前后门都闩好,我也会从外面反锁上。别让任何人进来偷走我们辛辛苦苦做出来的棉布、丝绸和蕾丝花边。我们可以放心交给你吧？"

"当然，尊敬的夫人，您可以放心交给我。"灾星公主说。

夫人们离开了。她们从外边锁上了门，灾星公主从里边也上了锁。她一整天都在打扫房间，直到每一个角落都闪闪发亮。夜里，她躺在床上开心地想，明天夫人们回来看到焕然一新的房间会多么开心。很快她便睡着了……

半夜她被楼下传来的一阵奇怪声响吵醒了：粗重的喘气声、撕扯布料的声音、生锈剪刀的咔嚓声。她急忙跳下床，点了根蜡烛跑下楼。她看到了多么可怕的一幕啊！一个丑陋的老巫婆站在一堆被剪坏的蕾丝花边和布料旁——夫人们精美的劳动成果全部化为了一堆破布条。

"哈哈哈！"老巫婆发出大笑，"哈哈！"

灾星公主扑上去抢她手中的剪刀，但老巫婆一口气把蜡烛吹灭，一眨眼就消失了。可她到底是怎么进来的——是通过锁着的门，还是带栅栏的窗户——谁能知道呢？

灾星公主又点亮了几根蜡烛，边哭边收拾破烂的布条与蕾丝花边。唉，夫人们回来后会说什么呢？她们会怎么说我呢？

她们说了什么呢？"天啊，你这个无耻的坏姑娘，我们对你那么好，这就是你的报答吗？"她们打了她一顿，把她赶出了门。她走啊走，不知能去哪儿，也不在乎能去哪儿。

日暮时分,她走到一座村庄。村口有一间卖面包、蔬菜和葡萄酒的小杂货铺。她一整天什么都没吃,早就饿坏了。但她身无分文,只能对着橱窗里的食物垂涎三尺。店里的女人看到她,走到门口问:

"小姑娘,你饿啦?"

"嗯,嗯,我饿坏了!"

"那进来吧。总不能让你这样可怜的小家伙饿肚子!"

灾星公主跟着她进了商店,女人给了一些面包和奶酪,还给她倒了杯葡萄酒。她认真道谢后,准备上路。

"可是你要去哪儿呢?"女人问。

"我……我不知道。"可怜的灾星公主说。

"天就要黑了,"女人说,"年轻姑娘走夜路可不安全。你要是愿意的话可以睡在店里,我可以搬几个麻袋给你铺张床。"

灾星公主千恩万谢,躺在麻袋床上,胳膊交叉放在胸前,很快睡着了。

不久女人的丈夫回来了。

"怎么有个人睡在麻袋上,那是谁?"他问。

"啊,就是个可怜的小姑娘,我不忍心让她赶夜路。"

"好吧,希望她是个老实人。"丈夫说。

夫妇俩很快也去睡了。

这个夜晚静悄悄的,直到半夜一个丑陋的老巫婆破窗而入。她伸出鸟爪似的手,抓起面包撕得粉碎,扔得满地都是。接着她打翻了装蔬菜的篮子,用脚将掉在地上的水果和蔬菜踩了个稀烂,直到地板被果浆淹没。接下来干什么呢?她跑到楼下酒窖,推倒了所有酒桶。酒窖就这么被葡萄酒和啤酒淹没了。干完这一系列坏事,老巫婆又从窗户溜了出去,消失在黑暗中。

没有人听到任何声响。

第二天一早,店主起床后见到一片狼藉,火冒三丈,他把灾星摇醒,拿起扫把就打。"你——你——你……"他气得话都说不出来,"滚出去,不然我把你踢出去!再也别让我见到你,不然……不然……"

灾星公主没等他把话说完就跑出了商店,离开了这座村庄,逃得远远的,越远越好。她走过一个又一个王国,不停地逃亡,直到精疲力竭,晕倒在路边。

白天就这样过去了,太阳落山,夜幕降临,灾星公主一直像死了一样躺在路边。第二天当阳光照在她脸上,她才再度睁开眼。打量四周,云雀在头顶歌唱,溪水潺潺作响。啊,有水喝了!她爬起来,翻过篱笆来到一片草坡,那里淌着一条闪闪发光的小溪。溪边一位女子正在洗衣。

听到脚步声,女子抬起头来。啊,这会是谁呢——正是她从前的奶妈弗兰切斯卡夫人。灾星公主小时候经常被她抱在身上玩耍。

"奶妈,奶妈,奶妈!"

"我的小公主!"

两人抱作一团,互相亲吻。

"亲爱的,你这是怎么了,怎么一个人出现在这里，脸色这么苍白，穿得这么破烂？"

灾星公主告诉了她整个故事。弗兰切斯卡夫人提来一篮食物，让她吃晚餐。

"我现在为这个国家的王子洗衣服。"弗兰切斯卡夫人说，"在你时来运转之前，暂时就住我这儿吧。亲爱的，以后你会时来运转的，一定会！你先帮我洗衣服吧，两人一起干更快，洗完我们就能回家了。虽然洗衣不是公主该干的活计。"

"亲爱的奶妈，这些日子我可是什么活儿都干过。"灾星公主说。她拿起一件王子的衬衫，在溪水里洗了起来。

天啊，发生了什么？衬衫弹了起来，扭了个圈，从灾星公主手中溜了出来，顺着溪水漂流而下，直到被一丛荆棘挂住。灾星公主连忙跑过去，取下来一看，衬衫背部被划了一道长长的口子。

"啊，你说自己是灾星看来是真的，"弗兰切斯卡夫人说，"你的命运之神不好对付。但别担心，亲爱的，你就跟我待在一块儿，我来伺候你——你什么活儿也不用干。我有些主意，可能有办法解决你的厄运。"

于是灾星公主就跟弗兰切斯卡夫人到她的村舍住了下来。只要她不干活儿，就没有坏事发生。可一旦她想帮忙——她洗的碗一定会开裂；她缝的袜子破洞只会越来越大；而她要是想打扫厨房，灰尘会从门边倒灌回来。弗兰切斯卡夫人实在受不了了，说："别管了，别管了！你就出去晒太阳吧！"

可灾星公主一出门,太阳便不见踪影,大朵云铺满天空,很快下起雨来。

"你的命运之神在跟我们作对,"弗兰切斯卡夫人说,"但我们会打败她的!我的命运之神跟她可不一样!"

一天,弗兰切斯卡夫人烤了两个蛋糕。她把蛋糕放在篮子里,对灾星公主说:"拿着这些蛋糕去海边,站在沙滩上呼唤我的命运之神。你要清清楚楚地大声喊三遍'弗兰切斯卡夫人的命运之神,弗兰切斯卡夫人的命运之神,弗兰切斯卡夫人的命运之神!',第三声之后我的命运之神会从海里现身。把这些蛋糕给她,替我问候她,然后向她请教——记住一定要非常有礼貌——上哪儿去找你的命运之神。"

灾星公主带着两块蛋糕站在沙滩上,大喊了三声:"弗兰切斯卡夫人的命运之神,弗兰切斯卡夫人的命运之神,弗兰切斯卡夫人的命运之神!"

第三声话音刚落,一位耀眼而美丽的女神微笑着从海中站了起来。

灾星公主从篮子里拿出一块蛋糕,递给这位耀眼美丽的女神,说:"弗兰切斯卡夫人让我送上这块蛋糕,并向您致敬。弗兰切斯卡夫人的命运之神,仁慈的您能否帮我一个大忙,告诉我上哪儿能找到我自己的命运之神?"

耀眼的美丽女神笑着说:"沿着那条骡子走的小道越过沙丘,走进灌木丛。你会在灌木丛中间找到一口井,井边荆棘丛下坐着的老巫婆就是你的命运之神。

友好地问候她,给她献上一块蛋糕。她会对你非常无礼,也不会接受你的蛋糕,但你还是要把蛋糕放到她脚边,然后离开。"

灾星公主谢过可爱的女神,翻过沙丘,穿过灌木丛,果然见到一个老巫婆坐在一口井边的荆棘丛下。啊,她的样子真可怕!浑身那么脏,眼睛那么浑浊,流着口水,衣裳破烂不堪。灾星公主吓得发抖,差点儿转身跑开。但她鼓起勇气,对她行了个屈膝礼,说:"我的命运之神,我给您带了一块蛋糕,希望您能笑纳。"

"快拿走!快拿走!"老巫婆一阵咆哮,"我才不要你的礼物!"她朝地上吐了口唾沫,把头扭开。

灾星公主把蛋糕放在她脚边,伤心地回了家,把事情经过全都告诉了弗兰切斯卡夫人。

弗兰切斯卡夫人正在叠王子的衣服。听灾星讲完后,她笑了起来,说:"不要灰心!我们总有一天会战胜那个老巫婆的!"

她把叠得整整齐齐的衣服放进篮子里,赶忙送去王子的宫殿。

"弗兰切斯卡夫人,"王子说,"你真了不起!活儿越干越好了!这是给你的小礼物。"他给了弗兰切斯卡夫人两枚金币。

弗兰切斯卡夫人用两枚金币干了什么呢?

她进城买了一条优雅的裙子、几件高级内衣、一条华丽的头巾、一块海绵、一块香皂,还有一把梳子和一瓶香水。她把这些带回家,全给了灾星公主。

"亲爱的小公主，"她说，"现在再去见你的命运之神。不管那个老巫婆愿不愿意，把她的破烂衣服扒下来，给她从头到脚洗个澡，梳个头，喷上香水，再换上这些新衣服。她肯定会大喊大叫骂你，但你千万不要退缩，别理会她，专心把你该干的事干完。她只是个虚弱的老太婆，而你年轻又强壮。等她从头到脚都干净了，浑身香喷喷的，穿得像贵妇，再把蛋糕递给她，对她说：'我的命运之神，我，灾星，望您安好。我求您许我一个新名字！'"

灾星公主带上所有这些东西，翻过沙丘，钻进灌木丛，在井边一丛榛树下找到了她的命运之神。她把老太婆扑倒在地，扒下她的衣服，用井水打湿海绵，把她从头到脚一点点洗干净，老太婆又是尖叫又是挣扎，用她能想出的所有脏话把灾星公主骂了个遍。但当灾星公主把她擦干，喷上香水，给她穿上漂亮的新衣服，老太婆不再大喊大叫，而是咯咯地笑起来，她越变越美、越变越年轻；穿好所有衣服后，灾星公主给她梳理头发，发现她的头发从脏兮兮的灰色变成了亮闪闪的金色，而她笑嘻嘻地吃起了蛋糕。

灾星公主对她行了个屈膝礼，说："我的命运之神，望您安好。我求您许我一个新名字！"

"啊哈！"命运之神笑着说，"啊哈！这就是你的目的，对吧？好吧，既然你为我做了这么多，我将许你一个新名字，从此你的名字叫幸运星。幸运星，为了庆祝你的新生，这儿有件礼物给你。"她递给她一只小盒子。

幸运星公主开心极了。她谢过命运之神，与她道了别，带着那个小盒子回到家找弗兰切斯卡夫人。

"我的小美人，我们来看看命运之神给了你什么。"弗兰切斯卡夫人说。

她们打开盒子。

里边是什么呢？一条金穗带。

"这算什么礼物！"弗兰切斯卡夫人说。

她把小盒子扔进壁橱就急急忙忙去了宫殿，看王子有没有新任务给她。

王子穿上了他最华丽的制服，满身勋章闪闪发亮。但他踱来踱去，一副苦恼的模样。"弗兰切斯卡夫人，"他说，"太糟了！我袖子上有条金穗带不见了，全城竟然买不到一条这样的穗带！我马上要去检阅部队，穿这样的外套怎么能见人呢？"

"殿下，别人可能根本注意不到。"弗兰切斯卡夫人说。

"注意不到！"王子叫道，"注意不到！我才不在乎别人会不会注意到呢！我自己知道！如果我作为首领就这么马虎地出现在部队面前，又怎么能指望那些部下一丝不苟呢？"

"事情总有解决办法。"弗兰切斯卡夫人说。她急忙跑回家，找到幸运星公主的命运之神给的盒子，拿给了王子。

王子打开盒子一看，正是他袖子上少了的那条穗带！

"我善良的弗兰切斯卡夫人,"王子说,"我会给你跟这个小盒子及里面的东西一样重的金子。"他让人送来秤,把小盒子放在一头,另一头放上金块。但金块远不够小盒子的重量。

他又加上一块金子。但两块黄金也不及那个小盒子重。他放上第三块、第四块、第五块、第六块,秤依然纹丝不动。他叫人拿来一整袋金子,放到秤上,可一整袋金子也不及那个小盒子的重量。

"弗兰切斯卡夫人,"王子喊道,"这怎么可能?你能告诉我这是怎么回事吗?"

弗兰切斯卡夫人说:"王子殿下,我找个人来给您解释。"

她又一次跑回家。

"我的小美人,来吧,"她对幸运星公主说,"王子要见你!"然后紧紧拉着幸运星公主的手,把她带到了王子面前。

穿着破旧衣裳的小公主看起来是那么美丽,又那么羞涩。她向王子行了个优雅的屈膝礼,安静地站在原地。

"这是哪位?"王子问,"你叫什么名字?"

"殿下,我是西班牙国王最小的女儿,我父亲就是那个被敌人俘虏的国王。"公主答道,"今天以前,人们都管我叫灾星。但今天早晨命运之神给了我一个新名字。她说以后我就叫幸运星了。"

"可爱的幸运星,"王子说,"跟我讲讲你的故事吧。"

于是公主告诉了他一切,王子说:"让我来弥补你过去的不幸。"他派人找来幸运星公主伺候过的夫人们,问她们:"那个倒霉的晚上你们损失了多少钱?"

她们说大约两百枚金币,王子付给她们这些钱,说:"这个被你们打过并赶走的可怜女孩是一位国王的女儿。想想吧,你们该为自己害臊!走吧!"

她们羞愧地离开了。王子又派人找来那位货物被糟蹋了的店主,付给他钱后让他走了。然后他召集部队,前往西班牙国王从前的国土。他英勇地打败了敌人,解救了西班牙国王,把王国归还给了他。然后,王后与幸运星公主的六个姐姐离开了那间破旧的小屋,回到王宫与国王团圆了。

在这之后呢?之后又发生了什么呢?当然是幸运星公主嫁给了王子。每个人都很开心,尤其是弗兰切斯卡夫人,她也住进了宫殿,每天又笑又唱,忙着照顾幸运星公主可爱的宝宝们。

比迪·厄尔利的飞行魔法

（爱尔兰）

从前有个来自弗拉格芒的男人南下到布里奇去买猪——那会儿那里常常有集市。他想要三只小猪。他买到了三只，但带回家时却犯了愁。猪嘛，你知道，走不了多远。他赶着猪走过菲克尔，走过基尔巴伦，三只猪终于瘫倒在比迪家下方的小路上。路旁有一座标着"格利森家"的房子，他走了进去，打听哪儿能让他和三只猪留宿一宿。要知道，那会儿没有谁家有闲置的小木屋，除了牛舍或驴棚。于是房主人告诉他说："你去找比迪·厄尔利吧，离这里只有几步路。你上去问问，她可能有办法。"

男人走到比迪家。他还没开口，比迪就说："天啊，可怜人，你的猪都倒下了。"

"是啊，"他说，"倒在路上了，它们上不来了。"

"坐下喝杯茶吧。"她说，"它们会没事的。"

她请他坐下，给他沏了杯茶。他们聊了一会儿。

"我会帮你的。"她说。

过了一会儿,他喝完了茶,站起身来。她递给他三颗看似平常的小药丸——说不定就是三个纸团。但他也没别的办法,不管怎样只能相信她了。接着她又给了他一颗药丸,让他自己用。这是她趁他喝茶的工夫,在里屋现做出来的。

"你下去后,把猪尾巴拉起来,在它们尾巴下塞一颗药丸,"她说,"大概到下一个路口的时候,你也得把裤子脱下来这么做。"

但还没来得及到下个路口,三只猪就飞了起来!他手忙脚乱地把自己裤子脱了塞药。四个身影就这样奔向弗拉格芒,直到落地他才来得及把裤子提上。他们就这样飞到了目的地!

这就是比迪·厄尔利的方法!

Part
03

恋爱的女巫:
嫉妒的情人与忠诚的妻子

摩莉甘

(爱尔兰)

一天晚上,库丘林①正躺在床上睡觉,忽然北边传来一声巨响,惊得他像个麻袋一样滚到地上。他走出帐篷,只见侍从雷格正把几匹马套上马车。"你为什么要这么做?"他问。"我听到西北方的平原有声巨响。"雷格回答。库丘林说:"那我们一起去看看吧。"两人出发了,一路马不停蹄,直至看到一辆红色的马拉着的战车,上面坐着一个红眉毛的女人,身穿一袭红裙,外面披着的红色外套直垂到两个车轮之间的地上,背上还背着一把灰色长枪。库丘林问:"你叫什么名字,有何贵干?""我是布安国王的女儿,"她回答说,"我听说了你的英雄事迹,特地来向你表达我的爱意。""你来得不是时候,"库丘林说,"打仗让我精疲力竭,没心思跟女人谈情说爱。""可是我能助你一臂

---

① 凯尔特神话中半人半神的英雄。

之力，"女人说，"我正是为保护你而来，我能保护你在战场上免受伤害。"库丘林说："我的事掌握在我手里，一个女人的保护可不牢靠。""如果你不接受我的帮助，"她说，"那么我会与你作对。下次当你遇上厉害的对手时，我就会出现，变成山、变成水、变成你认不出的模样与你作对，直到你被打败。"库丘林听了气得拔出剑来，跳向那架马车。但一眨眼，马车、马与女人都消失了，只有一只黑色乌鸦停在树枝上。他这才知道刚刚与他说话的女人是摩莉甘[①]。

不久之后，梅芙女王[②]派人招来莫菲比斯的儿子洛赫，让他第二天去与库丘林决斗。"我不去，让我去跟一个胡子都没长出来的小毛孩决斗太不合适了。"他说，"但你可以去找我的兄弟，他叫朗，是埃蒙尼斯的儿子。你可以和他商量。"于是她召来朗，许诺他丰厚的赏金、十二套铠甲、一驾马车，还答应让美丽的芬达布尔[③]成为他的妻子，康诺特的每一场盛宴都会将他奉为座上宾。朗毅然奔赴战斗，却死在库丘林剑下。

梅芙女王让手下传话给库丘林："告诉库丘林给脸上贴点儿胡子，没有哪位真正的战士愿意跟胡子都没长出来的小毛孩决斗。"

库丘林听到后，找了些黑莓来，揉碎了，把果汁涂抹在脸上，看上去黑乎乎一片，就像长着胡子，然后

---

① 凯尔特神话中掌管战争与命运的女神。
② 传说中康诺特省的女王。
③ 梅芙女王的女儿。

他爬上山顶，向爱尔兰人展示了自己的变化。莫菲比斯的儿子洛赫看到后问："库丘林长出胡子来了？"梅芙女王说："看上去是这么回事。"洛赫说："那我可以去会一会他了。"两人在朗丧命的河滩相见。"去更高的河滩吧。"洛赫提议，因为他不愿在兄弟死去的地方决斗。于是他们来到更高的河滩决斗。就在他们打得难解难分之时，摩莉甘变成了一头红耳朵的白母牛，率领五十头母牛，以白色青铜链两两相连，朝河滩冲来。库丘林投出一支长矛，刺伤了她的一只眼睛。她又钻入河中，变成一条黑鳗鱼，缠住库丘林站在水中的腿。库丘林走到一块绿石头旁，想把她撞下来，就在这时洛赫瞅准机会刺伤了他。接着摩莉甘又变成一头灰狼，咬住库丘林的右胳膊，他试着甩开她，不幸又中了洛赫一剑。他彻底被激怒了，举起艾芙送给他的神枪"盖尔博格"，给了洛赫致命一击。洛赫败下阵来，说："库丘林，我只有一个请求。""是什么？""不是请你饶我一命，而是请你让我站起来，这样我就可以面朝地倒下，而不是背朝爱尔兰的战士们倒下，这样他们就知道我没有逃跑或退缩。"库丘林说："我答应你，这是勇敢的战士应得的。"之后他便返回了自己的营地。

　　那一天库丘林感到前所未有的沮丧。他要以一己之力对抗爱尔兰的四个省。他派雷格去找阿尔斯特的国王康丘巴尔，告诉他自己已经遍体鳞伤，不愿再每日孤身奋战。

　　与此同时梅芙女王又先后派出三男三女六位懂法

术的战士，均被库丘林打败。不甘心的梅芙女王打破了先前的承诺，一天派来不止一个对手，而库丘林也不再手软。他的投石器用得那么好，以至于整个梅芙女王的队伍里无论狗、马还是人都不敢直视库丘林。

一天摩莉甘又找上门来，想要库丘林为她疗伤，因为库丘林造成的伤口只有他本人能够治愈。这次她化身为一位老妇人，给一只长了三个乳头的奶牛挤奶。库丘林经过时正口渴，便问她要牛奶，她从一个乳头挤了一碗奶递给他。库丘林接过说："愿好人有好报。"话音刚落，摩莉甘受伤的那只眼睛重见光明。她又从另一个乳头挤了些奶给他，库丘林重复了一遍那句话；然后她又挤了第三个乳头的奶。库丘林说："愿你得到众神及其子民的祝福。"语罢，这位伟大的女王身上所有的伤都痊愈了。

画皮

（中国）

太原有个王生，有天他一早出门，见一位姑娘拎着一个大包袱独自赶路。王生见她走得吃力，便走上前去，发现她是个大约十六岁的美丽少女，不禁有些动心。王生问她为何一个人一大清早赶路。少女说："过路人不能替我分忧解愁，何必多问？"王生问："你有什么忧愁？我愿意替你分担。"她说："我父母贪财，把我卖给大户人家当妾，那家正室夫人嫉妒我，没日没夜虐待我。我受不了，所以逃了出来。"

王生问她要去哪儿，她说逃难的人哪有地方可去。王生于是说："我就住这附近，何不上我家？"姑娘欣然答应，王生接过她的包袱，领她回了家。见家中空无一人，少女问王生为何没有家眷。王生答这里是书房。少女说："这是个好地方。要是你可怜我的性命，就千万别让人知道我在这儿。"王生答应替她保守秘密，于是少女在书房躲了好些日子，谁也没发现。有天王生忍不住告诉了妻子，妻子怕大户人家来找麻烦，让他把人送走。但王生没答应。一天他在街市上遇见一位道士。道士一见他便露出惊愕的神情，问他最近有没有遇上什么事。王生答："什么也没有。"道士说："那为何你身上有妖气，你真没遇上什么人吗？"王生仍矢口否认。道士便转身离去，边走边说："多蠢啊！死到临头都不知道。"王生听到吓了一跳，想到那个少女，但转念又想，这么美的姑娘怎么可能是妖怪呢，那个道士不过是想要讹钱吧。

　　回家后，王生见书房的门紧锁，觉得有些不对劲，便翻墙进去，发现里边的房门也关着。他蹑手蹑脚地走到窗边往里看，只见一个青面獠牙的妖怪把一张人皮铺在床上，正拿画笔在上面描画着什么。妖怪画完后把笔扔在一旁，抖了抖那张皮，像穿衣服那样披到身上，瞬时变成了那个少女。王生吓破了胆，急忙跑去城里找那个道士，但道士已不知去向。王生好不容易在野外找到了他，跪下来求他救命。道士说："要是把她赶走，她又得去找个替身；再说，我也不忍心伤她性命。"他给了王生一柄拂尘，吩咐他挂在卧室门上，并约好第二天与他在青帝庙相见。

　　王生回家后不敢靠近书房。他把拂尘挂在卧室门上后不久，便听到一阵脚步声靠近。他吓得不能动弹，让妻子从门缝中往外看，只见少女站在门外盯着拂尘，不敢进来。她咬牙切齿地转身离开，但过了一会儿又回来了，大声咒骂道："臭道士，你吓不了我，到嘴的食物我难道会吐出来吗？"说罢把拂尘撕得稀巴烂，直奔床头，把王生的胸口撕开，扯出他的心脏就跑了。王生的妻子连声尖叫，仆人举着蜡烛进来一看，王生已经归西，尸首惨不忍睹。妻子此时吓得再发不出声来。第二天，她让王生的弟弟去见那位道士，道士听罢气得直呼："我竟还可怜你，歹毒的女鬼！"他随王生的弟弟来到王生家中，女鬼已不见踪影。道士抬头环视一圈，说："幸好她没跑远。"他问南院是谁在住，王生的弟弟答是他。道士说女鬼现在就在那儿。王生的弟弟吓坏了，不敢相信。道士便问他有没有生人来过。他说自己去了青帝庙，不知道，得问问。过了一会儿，他回来说有个老太婆要来他家做仆人，正缠着他妻子呢。道士说："就是她！"一行人便跑了过去。道士站在院子中央，取出一把木剑，大呼："卑鄙的女鬼，还我拂尘！"

那老太婆惊恐万分，正要从门口逃走，被道士一剑击倒在地，人皮掉落，露出一只青鬼，趴在地上像猪一样号叫。道士用木剑砍下她的头，顷刻间那鬼变成一团浓烟，从地面盘旋而上。道士取出一只开口的葫芦，扔向那团烟中。只听嗖的一声，烟全都被吸进了葫芦。道士把葫芦口堵上，放进口袋。话说那张人皮有眉毛有眼，有手有脚。道士像卷画轴那样将其卷起，也装进口袋，准备离开。王生的妻子拦住他，声泪俱下地求他让自己的丈夫死而复生。道士说做不到，但王生的妻子在他脚下长跪不起，大声哀号着请求他的帮助。道士想了半天，开口说："我道行尚浅，不能让死人复生。但我可以给你指一个人，他能做到，如果你去求他一定会有结果的。"王生的妻子便问那人是谁，道士答："街市上有个疯子，常睡在粪土上。你去他面前叩头，求他帮你吧。如果他口出恶言，你也不要恼火。"王生的弟弟知道那个疯子，与道士道别后便与嫂子一同进城。

他们在路边见到了那个疯子，浑身污秽不堪，人人避而远之。王生妻子走上去跪在他跟前，疯子笑道："美人爱我吗？"妻子说明来由，那疯子只是大笑着说："丈夫再找便是，为何要救一个死人？"妻子苦苦哀求，他不为所动地说道："真是怪了，人死了求我救活他，我难道是地府阎王不成？"说罢他用随身的木杖对着她一顿打，王生妻子不发一言。围观的人越来越多。接着疯子吐出一粒恶心的药丸，让王生的妻子吞下去。她面露难色，犹豫半晌，还是咽了下去。疯子大喊了声"美人爱我呀！"，便扬长而去。王生妻子与弟弟追了上去，他却消失在一座热闹的庙里，他们怎么找都找不到他，只好回家。王生妻子又羞又恼，想着死去的丈夫，痛不欲生。但她还得为丈夫处理尸体，合上胸前的伤口，仆人们都不敢靠近。

她边忙活边抽泣，慢慢感到喉咙里有个硬块在往上涌，忽然哗啦一下吐了出来，正落在死去丈夫的伤口里。她定睛一看，是一颗心脏，正咚咚地跳动着，还冒着热气。她立马将胸膛盖上，用力向中间合拢。

她手都酸了，但只要劲儿一松，热气便往外冒。她扯下一块丝绸将伤口包好，同时用手摩擦丈夫的身体，让血液循环，最后给丈夫穿上衣裳，盖上被子。夜里她掀开被子，丈夫已经有微弱的呼吸；到天亮时，丈夫真的活了过来，只不过像刚从一场噩梦中惊醒，胸口也痛得厉害。他胸前的伤口只留下一块铜钱大小的瘢痕，不久竟也消失了。

莉莉斯与一根草

（犹太）

从前有个犹太男人被莉莉斯诱惑，为她的魅力神魂颠倒。但他内心深感不安，决定去找正直的拉比莫德凯·尼西兹求助。

未卜先知的拉比事先知道他要来，提醒城里所有的犹太人不要给他提供住处，甚至不要让他进屋。于是男人到了这座城市后，找不到地方过夜，只好睡在一座谷仓前的干草堆上。半夜，莉莉斯出现了，在他耳边轻声说道："我的爱人，从干草堆上起来，过来找我吧。"

男人问："为什么要我来找你？平时都是你过来找我呀。"

莉莉斯说："我的爱人，我对那个干草堆里的一根草过敏。"

男人回答说："那你指给我看吧，我把它扔了，你就能过来。"

于是莉莉斯指出了那根草。男子马上抽出那根草,系在自己脖子上,从此逃脱了莉莉斯的魔爪。

月亮之女，太阳之子
（西伯利亚）

整整一天，太阳驾着金色雪橇在天空驰骋。早晨由北极熊拉，中午换公驯鹿拉，黄昏又换成雌驯鹿。太阳要忙的事太多了：播种生命，滋养青苔与绿树，赐予飞禽走兽及萨米人光明与力量，令他们茁壮兴旺。

夜幕降临，累坏了的太阳沉入大海；他只想好好睡上一觉，为第二天积攒精力。

但一天晚上，当雌驯鹿把太阳拉向他的水床时，他英俊的儿子佩瓦科说话了。

"父亲，我想我该结婚了。"

"你找到中意的新娘了吗？"太阳疲倦地问。

"还没呢。地球上没一个少女能穿上我的金靴子。她们的脚都太笨重了，没法跟着我飞上天空。"

"那是你找错地方了，"太阳打着呵欠说，"明天我去跟月亮谈谈，她有个女儿。虽然月亮不如咱富有，但她女儿也住在天宫，配得上你。"

于是第二天一早，太阳便出发去探望他快要下班的邻居，月亮。

"告诉我，我苍白的朋友，你是不是有个女儿？"太阳说，"她要交上好运了，我给她找了个合适的丈夫——不是别人，正是我的儿子佩瓦科。"

月亮皎洁的面容暗淡下来。

"我的孩子还太小。我把她抱在怀里都感觉不到她的存在，一阵风就能把她吹走。这样一个小家伙，怎么能让她嫁给你儿子呢？"

"没关系，"太阳说，"我家宽敞又华丽。她会被照顾得很好，很快就会长大。来，把她带去见我儿子吧。"

"不！"月亮吓得连忙扯来一片白云盖住自己的孩子，"佩瓦科会把她娇嫩的皮肤烤焦的！再说，我已经答应把她嫁给极光之神奈纳斯了。你看，他正骄傲地走在大海上。"

"够了！"太阳恼怒地说，"你要为了那些可怜的彩色光条拒绝我的儿子吗？我卑微的朋友，你可别忘了，是我创造了一切生命。我拥有全部的力量。"

"我的邻居，你的力量不过是世间全部力量的一半。"月亮喃喃细语，"黄昏过后，你的力量便在夜色中消退。茫茫黑夜，漫漫长冬，你的力量在哪儿呢？是奈纳斯在冬天闪耀，用明亮的光芒穿透昏暗的夜。"

太阳听了怒不可遏。

"我一定要让你女儿跟我儿子结婚，走着瞧！"他咆哮着。

一时间惊雷滚滚,狂风哭号,白浪滔滔,地动山摇。驯鹿群怕得挤作一团,萨米人也躲在角落里瑟瑟发抖。

月亮匆匆消失在夜色中。

"我一定要保护我的孩子不受太阳伤害。"她想。

她从天上往下望,见到一座湖中小岛,上面住着一位老人与他的妻子。

月亮自言自语:"我可以把女儿托付给这对老夫妇,她在这儿会很安全。"

而太阳终于发够了脾气,雷声与风声都停了,波涛也渐渐平息。就在这时,老夫妇起身去森林找做凉鞋用的桦树皮。忽然头上传来一个轻柔的声音,吓了他们一跳,那声音说道:"尼基娅,尼基娅,帮帮我,帮帮我。"

他们抬头一看,一个银色摇篮高高挂在杉树枝上,来回摇晃。老人把摇篮取下来,里面躺着一个孩童,身上闪耀着月光,柔软的皮肤像镀着一层银。

老夫妇满心欢喜,把她带回了家。他们对她视如己出,精心照顾,而她也长成了一个乖巧的女儿。只不过每天夜里,上床睡觉之前,她都要走出小屋,抬起她苍白的脸颊望向月亮,然后张开双臂,发出越来越耀眼的光芒。开心时她会叫"尼基娅,尼基娅",然后忽然消失在空气里,只留下一串银铃般的笑声。

于是老夫妇管她叫尼基娅。

时光飞逝,尼基娅长成了一位苗条修长的少女,明媚的脸庞像云莓一样圆润,浅色的发辫像是银线织成。可爱的月亮少女学会了用驯鹿皮做被子，还会绣上珠子与银线做装饰。

有一天，太阳听说在一座湖中小岛上有位不像来自人间的少女。他派佩瓦科去打探。闪耀的太阳之子对银色少女一见倾心。

"地上的少女，来试试这双金靴子吧。"佩瓦科说。

尼基娅脸红了，但没敢拒绝他。一穿上她就疼得叫出声来："天啊，这鞋怎么这么烫，简直在烧我的脚！"

"没关系，你会习惯的。"佩瓦科微笑着安慰她。

然而她化作一团轻烟溜走了，只留下那空荡荡的金靴子立在原地。

尼基娅裹在颤抖的月光中，在森林里一直躲到天黑。月亮升上天空，尼基娅追随着母亲的光芒，穿过黑暗的森林与寒冷的苔原。黎明时分，她终于来到海边，一间小屋孤独地伫立在贫瘠的海滨。尼基娅想也没想就进了屋。屋子里空无一人，又脏又乱。尼基娅去打了一桶海水，把屋子打扫了一遍。干完活儿，她找到一张吊床，挂到墙上，爬上去倒头就睡。

当暮色在海岸投下阴影，尼基娅被一阵沉重的脚步声吵醒了，只见一群身穿银色盔甲的战士走进屋来，一个比一个英俊强壮。他们正是极光兄弟，带头的就是最年长的奈纳斯。

"屋子怎么变得这么干净！"奈纳斯惊讶地叫道，"肯定来了个能干的女人。不知道她躲在哪儿了，但我能感觉到她正用敏锐的目光打量我们呢。"

几兄弟坐下吃过晚餐，开始打闹，互相用剑刺来刺去，天空闪出点点白光与道道红线。打累了之后，几兄弟唱起歌颂空中勇士的歌，然后一个接一个飞上天空，最后只剩下奈纳斯。

"好心的女人，请现身吧。"他恳求道，"如果您是一位长者，愿您成为我们的母亲。如果您是一位妇人，愿您成为我们的姐姐。如果您是一位少女，愿您成为我的新娘。"

一个温柔的声音在他身后响起："我在这儿呢，你自己看吧。"

他转过身，看见一位美丽纤长的少女，站在清晨的微光之中。他认出她是月亮的女儿。

"尼基娅，你愿意嫁给我吗？"他问她。

"奈纳斯，我愿意。"她轻声回答，声音小到他差点儿听不清。

就在此时，天空亮了起来，太阳露脸了。

"尼基娅，在这儿等我。"奈纳斯大声说道，一转头就不见了。

每到傍晚，奈纳斯与他的兄弟们都会飞回到海边小屋，用剑打闹，天亮时分又飞走。

"请留下来陪我一天吧。"尼基娅恳求他。

"我做不到啊。"奈纳斯说，"我必须越过海洋去参加天空之战。如果我留在这儿，会被太阳的火柱刺伤。"

尼基娅独自留在小屋中，冥思苦想要如何让奈纳斯留下来。她孤独地唱起一首给爱人的歌。

他像花楸树一样挺拔，

披肩长发

像松鼠的尾巴。

他离开之后

我独自躺下，

啊，春日何其漫长？

夜晚终于到来，

我从小屋的窗口，

看到我的爱人归来。

他走进来，看着我

我的心便像阳光下的雪

顷刻间融化。

唱完歌，她冒出一个念头：她要做一张驯鹿皮被子，绣上银河与星星。她赶在极光兄弟回家之前做完，偷偷把它挂到天花板上。

夜幕降临，奈纳斯与兄弟们飞回了家。他们打闹，吃饭，唱歌，然后睡觉。奈纳斯沉入梦乡。黎明时分他几次睁开眼，但看到头顶是星星与银河，以为仍是夜晚，又睡了过去。

天亮后，尼基娅蹑手蹑脚地溜出小屋，但她忘了关门。奈纳斯再次睁开眼时看到门外晨光明亮，北极熊拉着一架金色雪橇飞过天空。他立刻跳下床把兄弟们叫醒。

可是太迟了。

太阳发现了他,射出一条火柱,将他钉在地上。可怜的尼基娅这才意识到自己干了什么:她冲了过去,用自己的身体护住奈纳斯。

在她的掩护下,奈纳斯挣扎着站了起来,飞上了天空中的安全地带。太阳揪住了尼基娅的发辫,用烈焰般的目光炙烤着她,同时召唤儿子佩瓦科。

"就算你把我烧成灰烬,我也不会嫁给佩瓦科。"月亮的女儿哭着说。

太阳气坏了,把尼基娅扔向天空,正冲着月亮的方向。她的母亲接住了她,把她紧紧拥在怀里,至今都在保护着她。

如果你仔细端详月亮,就能看到月亮母亲胸前映着尼基娅白皙的脸。尼基娅在那儿注视着海上的微光,她知道那是极光在战斗,那些身影里有她的爱人奈纳斯。

爱狐

（日本）

黄昏时分，一男子走在京都朱雀大街时，遇到一位让他惊为天人的女子。他上前搭话，她欣然应答，近看她的美貌更加动人。男子对她垂涎三尺，一番甜言蜜语，眼看就要得手。

但女子说："既已至此，我当然也想满足你，可如果我这么做的话，你怕是会没命。"

男子情难自禁，听不进去，仍苦苦哀求。女子只好说："你这般恳求，我实在不忍拒绝。好吧，那我就遂了你的心愿，再替你去死。你要是想报恩，就抄《法华经》为我超度。"

男子没把她的话当真，终于得偿所愿。两人一夜缠绵，并像老夫老妻一样聊天。清晨，女子起床后向男子索要他随身携带的扇子。她说："我说话当真，现在我要替你去死。你要是不信的话就去皇宫的武德殿前看看。"说罢便离开了。

天亮后男子前去武德殿，只见一只狐狸倒在地上死了，用他的扇子挡着脸。他伤心不已。此后每隔七天，他便抄一遍《法华经》，为狐狸超度。到了第四十九天，他梦到狐狸来见他，她告诉他自己幸得佛法教导，她将投生到忉利天①。

---

① 佛教世界观中欲界天的第二重天。

阿里斯托梅尼的故事

(拉丁)

"你可能听说了,我去马其顿做了点儿生意,十个月后赚够了钱打算回家,快到拉里萨时,在荒山野岭被一群强盗洗劫一空。我好歹保全性命逃了出来,奄奄一息进了城,找了家小旅馆,店主是个叫梅罗伊的女人。她不年轻了,但风韵犹存,我跟她讲了我的悲惨遭遇,还有我多么盼着回到阔别已久的家。她装出一副很同情我的样子,给我做了一顿丰盛的晚饭,没收我一分钱。后来她开始逼我跟她上床。从那天起我的头脑就开始生病,意志力也开始衰退。我把当搬运工挣回的一点儿小钱全给了她,后来我越来越弱,甚至把强盗好心留给我遮挡身体的衣服都给了她。你看霉运和美女把我害成什么样了。"

"天哪,你活该!"我说,"谁让你抛妻弃子去给那个狗婆娘当奴隶?"

"嘘,嘘,"他连忙把食指放到嘴唇上,同时四处张望有没有人偷听,"别说那个可怕的女人坏话,小心祸从口出。"

"是吗?"我说,"那她还开什么旅馆?照你说她岂不是法力无边?"

"阿里斯托梅尼,我跟你说,"他用含混不清的声音说,"只要我的梅罗伊愿意,她可以扯下天空,举起大地;她可以把溪流变成石头,把山崖变成液体;她可以让亡灵复生,让神明泯灭;她可以熄灭星星,照亮阴影之地。"

"得了吧,苏格拉底,这太夸张了!别说这些虚话了,快明明白白把这个故事说完。"

他回答说:"一个例子能说服你吗?还是要两个,甚至更多?她能让每个男人都爱上她——无论希腊人、印度人还是埃及人,要是她想的话,连神话中地球另一边的男人也不在话下——这只是一个小小的例子。你要是想听听她更惊人的事迹,我给你说几件,都有可靠证人。有一次,她有个爱人竟然爱上了别的女人,她只说了一个词,那个男人就变成了一只海狸。"

"为什么是海狸呢?"

"因为海狸一旦发现猎人靠近就会咬下自己的睾丸,放在河边让气味误导猎狗,然后自己逃跑。梅罗伊希望这发生在他身上。另一次,隔壁旅馆的老店主是她的竞争对手,她把他变成了一只青蛙,现在成天在自家酒桶里游泳,要不就是把身子埋在葡萄渣里,对老主顾呱呱叫:'进来吧!进来吧!'还有曾经起诉过她的律师,长出了公羊的角！现在每天还能看到他在法庭上雄辩，额头两侧盘着那可怕的玩意儿。最后是她其中一个爱人的妻子，因为说了梅罗伊的坏话，被她诅咒子宫里的婴儿永远不得出生，她怀孕至今已经八年了，肚子一天比一天大，简直像怀了一头大象。"

"但大家是怎么知道这些事的呢？"

"因为她一度引起公愤，在一次集会上大家决定第二天对她处以石刑。但梅罗伊不怕，一天的时间已经足够了，就像被克瑞翁国王驱逐的美狄亚。你还记得美狄亚是怎么做的吧？她让丈夫要迎娶的新欢的头饰起火，烧毁了整座宫殿，也烧死了新娘与克瑞翁国王。梅罗伊呢，有天她喝多了告诉我，她挖了一道沟渠，通过某种仪式召唤亡灵，然后借助亡灵的黑暗力量给海帕塔的每道门都施了诅咒，结果整整两天两夜没人能从屋子里走出来，即便想从墙上挖隧道也行不通。最后全镇的人在窗边苦苦哀求，答应再也不会妨碍她，还会保护她，她才解除了诅咒。但她没有放过审判她的人，半夜她把他的房子——包括墙、地板、地基连同屋子里的他——扔到了几百英里之外的一个镇上。这个地方坐落在一座山上，那里没有水，只能靠雨水生存，镇上房子密密麻麻，已经没有容纳他的房子的空间了，于是她把房子扔在了城门外。"

"亲爱的苏格拉底，"我说，"这些故事都很惊人，也很可怕，现在我有点儿怕了。实话说，我被吓坏了。要是那个老太婆知道我们现在在说她怎么办？我们要不趁早睡吧？明天早点儿起床，赶紧离开这个鬼地方，走得越远越好。"

就在我说话这会儿，可怜的苏格拉底已经睡着并开始大声打呼噜了：一个精疲力竭的人饱餐一顿又畅饮一番就是这样。我把卧室门反锁上，又闩上门闩，再用床头抵住合页，拍拍床垫躺下了。我回想着苏格拉底讲的那些可怕的故事，在床上翻来覆去，到半夜才睡着。忽然一声巨响把我惊醒，像是一群强盗用肩膀撞开了门。门锁、门闩和合页统统坏掉了，我那张被虫蛀得千疮百孔、还坏了一条腿的老破床被扔到空中，然后翻过来将我压在地上。

你知道情绪有时是矛盾的，就像我们喜悦时会流泪，在这个可怕的时刻，我竟然笑了出来，拿自己打趣："老天，阿里斯托梅尼，你被变成了一只乌龟！"尽管被压得死死的，我倒觉得这样更安全，我像乌龟那样从壳里伸出头往外看。两个可怕的老太婆走了进来，一个手举一把火炬，另一个拿着一块海绵和一把利剑。她们走到仍在熟睡的苏格拉底跟前，拿剑的女人对另一个说："帕西娅你看，这就是我看上的男人——就像狄安娜看上牧羊人恩底弥翁，宙斯看上美少年伽倪墨得斯。我可是让他欲仙欲死，但他从没回应我的爱慕之情，成天把我当傻子。现在他不仅到处说我的坏话，还打算逃走！他把自己当奥德修斯呢，以为我会像卡吕普索那样，发现自己被抛弃了就独自哭泣吗？"接着她指着我说："这个正从床底下偷看我们的家伙叫阿里斯托梅尼,他要是以为这就能逃走可真是打错了算盘。他早些时候说的那些难听的话我还记着呢,现在后悔也来不及了,还胆敢偷看。"

我吓得浑身发抖,直冒冷汗,把床晃得叮当作响。帕西娅对梅罗伊说——另外那个女人肯定是梅罗伊了:"姐姐,我们是立刻把他撕成碎片,还是用绳子绑住他的私处,挂到房梁上等它慢慢断掉?"

"不,不,亲爱的,别这么干。先把他晾在一边。得留个人明天挖坑把我亲爱的苏格拉底埋了。"她说着把苏格拉底的脑袋靠在枕头上,我眼睁睁看着她用剑划开了他脖子左侧。血涌了出来,她不慌不忙,拿出一个准备好的水囊接住了每一滴血。苏格拉底在气管被切断之前吐出了一声叫喊,又或许是含混的咕哝声,然后便再也发不出声音了。梅罗伊像是要以她惯常的方式完成一套献祭仪式,她掀开他的伤口把手伸了进

去,在他的身体里摸索了一阵,然后把他的心脏扯了出来。但帕西娅接过她手中的海绵,堵住裂开的伤口,口中念念有词:

海绵,海绵,用海的力量,
不要让溪流涌出。

接着她们朝我走过来,把床掀开,蹲下来对着我的脸撒了一泡长而有力的尿。

然后她们便离开了。她们一走出房间,门就自动立起来了,门上的锁、门闩和合页也奇迹般地回到了原来的位置。我赤身裸体地躺在地上,浑身都是恶心的尿液,又湿又冷。"可能刚出生的婴儿就是这种感觉,"我自言自语,"但婴儿跟我的处境可是截然不同。我的人生已经是过去时了。我就跟死了差不多,跟走上刑场的罪犯一样。到了明早,大家发现苏格拉底被割开喉咙的尸体时会怎么想呢?没有人会相信我的话。他们会说'你就算打不过那两个女人也可以呼救啊'或者'一个大男人一声不吭地看着朋友被割断喉咙'。"天快亮了,我决定在天亮之前溜出旅馆逃走。我拿上所有行李,打开门闩,把钥匙插进门锁。但那扇半夜主动向我的敌人敞开的门此刻却纹丝不动,直到我拧了十几次钥匙、把手转得嘎嘎响,才终于打开。一到院子里我便喊道:"门童,你在哪儿呢?快帮我开大门!我要在天亮前出去。"

门童光着身子躺在大门边上，半梦半醒地说："什么人？谁要大半夜出去？你不知道外面到处是强盗吗？你可能不想活了或是良心上犯了什么罪，但别把我当傻子，我才不会冒着生命危险开门放他们进来呢。"

我反驳道："但天马上要亮了。再说，强盗来了你有什么好怕的呢？别犯傻了。就算是十个职业摔跤选手也没法从像你这样一穷二白的人身上抢到东西啊。"

他转过身去，背对着我嘟囔："我怎么知道你是不是杀了昨天下午跟你一起来的那个男人——不然为什么这会儿急着出门？"

我永远忘不了他说这话时我的感受，我仿佛看到地狱向我敞开大门，那只三头犬正饥肠辘辘地冲我咆哮。我确信梅罗伊饶我一命就是为了让我生不如死。我回到房间打算自杀，但我要如何动手呢？我决定向床求助。我哄它说："听着，床，亲爱的小床，你是我在这个残酷的世界上唯一的、最后的朋友，只有你陪我受苦，也只有你见证了我的无辜——床，请你借我一件干净有益的工具，帮我脱离苦海吧！亲爱的床，我现在一心求死！"我期盼着床的回答，开始拉出用来捆床架的绳子，把一头系在窗户上方的房梁上，另一头系成一个套索。我站到床上，将头伸进套索，把床踢开。

我试图自杀，但失败了。绳子太旧太破，难以承担我的重量，我掉了下来。我大口喘着气，正好滚到苏格拉底躺着的床附近。就在这时，那个门童嚷嚷着走了进来："喂，你刚才不是急着要出门吗，现在怎么在床边打起了滚，喘得跟头猪似的？"

我还没缓过气来，苏格拉底竟然弹了起来，像是刚被我跌落的声音或门童嘶哑的嗓音吵醒，厉声说："我经常听到旅客骂门童粗鲁，现在我得说他们骂得对！我累坏了，只想好好睡一觉，你这该死的家伙竟然冲进我的房间大喊大叫——肯定是想趁我们不注意偷东西吧！我几个月来睡得最好的一觉就这么被你毁了！"

听到苏格拉底开口说话，我欣喜若狂，跳起来大声说道："不，不，你是全世界最好最诚实的门童。看呀，看呀，你之前醉醺醺的时候说我杀了的人就在这儿呢——我亲如父兄的朋友。"我扑上去拥抱亲吻苏格拉底，但他一把将我推开，说："天呐，你臭得像从下水道里钻出来的！"接着换着法子讽刺我到底是怎么弄成这副邋遢样的。我胡乱编了个借口——我忘了是什么——然后赶紧转换话题。我抓着他的手说："我们还等什么呢？何不立刻动身，去呼吸早晨的清新空气？"

"当然。"他不以为然地回答。我又一次背上行囊，跟门童结了账，与苏格拉底一同上路了。

我们走出小镇一段距离，整个乡间在初升的太阳下显得格外清晰，这时候我盯着苏格拉底的喉咙看了好一会儿，想寻找剑刺进去的痕迹，但什么也看不见。我心想，苏格拉底这会儿活蹦乱跳，毫发无伤，几小时前被剑割开的地方没有伤口，没有海绵，一道疤都没有。多么真实、可怕的梦啊！我喝那么多酒真是疯了。我说出了声："看来医生说得没错。如果睡觉前往胃里塞太多东西，接着又灌太多酒，晚上十有八九会做噩梦。昨晚我就睡得糟透了，做了个特别可怕的梦，到现在我都觉得浑身溅满了人血。"

苏格拉底大笑说："你真当是血呢！事实是你尿床了，现在还一身臭味。但我同意你说的做噩梦的原因。我昨晚也做了个噩梦，现在想起来了：我梦见喉咙被割开了，我能感受到那个伤口带来的全部疼痛，然后有人把我的心脏扯了出来。整个经历太可怕了，现在想起来都觉得难受。我腿发软了，得赶紧坐下来。你有什么吃的吗？"

我打开干粮袋拿出来面包和奶酪，问他："要不我们坐到那棵悬铃木下吃早餐吧？"

就在我们坐下来时，我发现他健康的肤色开始变得暗淡，尽管他狼吞虎咽，但面露菜色。我大概也面如土色，因为那两个可怕女人又出现在我脑海中，昨晚的恐惧一下子又涌了上来。我吃了一小口面包，结果它卡在食管里，咽不下去又咳不出来。我越来越慌。苏格拉底还活着吗？这会儿路上已经有了不少人。如果两个结伴旅行的男人中有一个横死路边，嫌疑自然会落在另一个人身上。苏格拉底吃了一整块奶酪和很多面包，开始抱怨口渴。几码之外，看不到路的地方，一条小溪从树下流过，明亮如银，清透似水晶，平静像池塘。"苏格拉底，到这儿来，"我说，"这水看着比牛奶还好。过来喝个痛快吧。"他起身走到河边，找了个合适的地方跪下来，把头伸到溪水里，打算喝个痛快。但就在他嘴唇碰到水的那一刻,他脖子上的伤口忽然裂开,一块海绵掉了出来,随后血如涓涓细流淌了出来。要不是我拉住他的一条腿,把他拖到岸上,他就掉进水里了。但我把他拖上来时他已经死了。

我在溪边匆匆埋葬了他,然后,我流着冷汗、浑身颤抖着穿过田野,不断改变方向,一路跌跌撞撞,始终向着最荒芜的地方前行……

这就是阿里斯托梅尼的故事的结局。

阿拉与巫婆

（中非：刚果）

两个年轻男子正要去参加一个舞会。他们哼着歌，满心喜悦。忽然冒出一位老婆婆，恳求他们："请背背我吧！"

其中一个人说："我才不呢，你又脏又臭！"另一个名为阿拉的人可怜她，把她背了起来。老太婆刚爬上他的背就开始掐他，还用脏兮兮的脚踢他。他浑身都疼，漫无目的地游荡，因为他已经被她控制了。几个小时以后，他饥肠辘辘，哀叹自己的霉运。不久他的喉咙也因为干渴而疼起来。

他们走到一条河边。阿拉说："老婆婆，下来吧，我们来喝口水！"她却说："背着我你也能喝水。"他只好继续把她背在背上。

又过了好几个小时，他看到一头死去的水牛躺在草地上。他说："老婆婆，下来吧，让我们剥了它的皮，生火烤了吃。"她却说："背着我你也能剥皮！"

阿拉问："你就不饿吗？"她说："饿，你一会儿撕些好肉喂我吃。"

阿拉背着这个女人在草原上游荡了三个月，终于累倒在地。老太婆从他背上爬下来，盯着他看了好一会儿，最后确信他死了，这才转身离开。阿拉立马爬起来，逃命般的跑了起来，奔向自由。老太婆正好转过身看到了他，但太迟了，她追不上他。于是她把胳膊和腿从身上卸了下来，变成一个球在他身后滚了起来，就像下大雨时从河床上滚下来的巨石。

阿拉到了家。姐姐见到他马上大喊："母亲，阿拉回来了！"母亲回答："不要戏弄一个悲伤的母亲。"但那的确是阿拉，虽然他变得极度虚弱。她们杀了一头牛给他吃，又杀了第二头，一头接一头，最后他一共吃了六头牛才终于恢复力气。

突然，那个老太婆冒了出来，要找阿拉。阿拉的家人礼貌地给了她一张凳子，让她坐着等阿拉出来。同时她们迅速在地上挖了一个坑，在上面铺了一层草，又烧了一大锅水。准备好之后，她们问她："您要不要洗个澡？"老太婆一脚踩在那片鲜草上——这是将来要铺在屋顶上的，任何一个有教养的人都不会从上面踩过去。但她却踩上去了，于是她掉进了挖好的坑里，她们立马往她身上浇滚烫的水。老太婆死了，她们盖上土埋了她。

阿拉的身体逐渐恢复。大家都认为那个老太婆是一个危险的女巫，吸取了他身上的力气。阿拉能逃过一劫实在是幸运。

王后的戒指

（波美拉尼亚[①]）

一位王后在一片草地上散步。她面容美丽，神情却十分悲伤：因为很多个月以前，国王，也就是她挚爱的丈夫奔赴战场，王后再没有他的消息。

"但他肯定还活着，"王后自言自语，"如果他死了我一定会知道。"

王后走了好一阵后，在一口井前坐下休息。她经常来这里，因为国王临行时就是在这儿与她吻别。当时国王把一枚钻戒戴到她的手指上，说："好好保管这枚戒指，经常看看它，看着它你就能想起我对你的爱有多深！"

王后坐在井边，从手指上取下戒指，把它贴在脸颊上，说："亲爱的戒指啊，我日夜不停地想念着那个将你给我的人！亲爱的戒指，告诉我，告诉我他现在在哪儿！"

[①] 古中欧地名，现德国与波兰北部地区。

天啊，接下来发生了什么？那枚戒指从王后手中滑落，掉进了井里。

"我的戒指，我的戒指！"王后趴在井边哭喊。这口井深不见底，戒指早就沉了下去——她还能做什么呢？她往井里张望，可连戒指的影子都看不到。"我的戒指，我的戒指啊！"她哭啊哭。

这时一只绿色的大青蛙从井里爬了出来。

它问王后："美丽的王后，您为什么哭？"

"我的戒指，我的戒指！"王后放声大哭，"我把它掉到井里，再也找不到了！"

青蛙说："但王后这么富有，可以再买一枚戒指呀。"

"不，不，不！"王后哭喊道，"这枚戒指不一样，它可是我亲爱的丈夫临行前给我的呀。"

青蛙说："所以你才这么珍惜它吗？"

王后哭着说："对我来说它比世上任何东西都要宝贵！"

青蛙说："那好吧，如果你能答应我的要求，我就潜到井里帮你找回戒指。"

王后说："我愿意答应你的任何要求。"

青蛙说："一言为定？"

王后说："一言为定。"

于是青蛙跳进井里，不一会儿就上来了，有蹼的手上举着那枚戒指。

闪闪发光的戒指呀！王后喜极而泣，说："哦，谢谢，谢谢你，亲爱的青蛙。那么你有什么要求呢？"

青蛙说："吻一下我的嘴！"

王后说："啊，那可不行！"

青蛙问："为什么不行？"

"因为你……"王后欲言又止，她想说"你太丑了，还黏糊糊的"，但这么说也太忘恩负义了。于是她说："因为王后只能亲吻她的夫君。"

青蛙说："那我就把戒指放回井里。"眼看着它就要跳回去，王后连忙叫道："不，不，我吻你，我吻你！"

于是她把青蛙拎起来，闭上眼睛，在它那张开的冰冷的大嘴上吻了一下……

"我亲爱的，快睁眼！"一个欢快的声音响起。是谁？这不是国王的声音吗？是的，青蛙消失了，王后面前站着她的丈夫，正俯身将她揽进怀中。

他向她讲述了自己的经历："战争获胜后，我骑马率队回家，结果误入一片浓雾。队伍四散找寻出路，人声与马蹄声一点点离我远去。浓雾到半夜才散开，此时林子里只剩下我一个人，面前还有一幢小屋。我下马走进屋子，想看能不能在那儿过夜。屋子里有位美丽的少女，坐在一张象牙凳上，正用金色的纺车纺一卷银线。

"她问我：'我可以让你留宿一宿，但你要怎么报答我呢？'

"我说：'你要什么都行，只要我能做到。'

"'我的要求很简单，'美丽的少女说，'我只要一个吻。'

"'但这我没法答应,'我说,'我只亲吻我的王后。'

"少女一下子从象牙凳上跳了起来,瞬间变了模样。原来她是一个可怕的女巫。她大声吼道:'你自称国王,但我看不过是一只冷血的青蛙!'她用卷线杆敲了我一下。然后我的四肢退化了,身体萎缩,嘴巴越来越大,眼睛凸了出来。是的,她把我变成了一只青蛙。

"'你现在是只青蛙,你将永远是只青蛙,除非有个可爱的女人愿意吻你的大嘴巴!'她尖叫着说完后,拎起我的一条腿,把我扔到门外。

"'我只亲吻我的王后。'我又说了一遍,转头爬进了森林。

"我踏上了回家的征途。我走过无数日夜,无数王国。我白天赶路,夜里就躲在宫殿或农舍的角落休息。我遇到很多可爱的女人,有出身高贵的王后与公主,也有卑微的乡村姑娘。或许她们中会有人可怜我,答应吻我。但我对自己说:'不,除了我亲爱的王后,我从来没有吻过别的女人,除了我亲爱的王后,我谁也不会吻。即便耗尽我的余生,我也要回到她身边。'

"就这样,亲爱的,可怜的小青蛙不停赶路,穿过繁华的城市和广袤的荒原,穿过湍急的河流和茂密的森林,一直走一直走,最后,可怜的小青蛙终于回到了自己的王国。剩下的事你都知道了。"

国王重新为王后戴上那枚戒指,他们手牵手走回宫殿,从此幸福地生活在一起。

Part
04

变形记

老妇的笑脸

（日本）

水无濑山上有个水鸟聚集的池塘，许多人前去猎鸟。但池塘中似乎有某种怪物专抓猎人，许多人因此丧命。

水无濑河畔住着退位的天皇，三兄弟担任其守卫。他们也想去打猎，但有人提醒他们不要靠近那个池塘。三兄弟中的仲敏不太相信传言，也不愿因为这点儿危险就退却，于是带上一个年轻的随从就出发了。

当时已是傍晚，天黑得看不见路，但仲敏还是翻过山找到了那个池塘，在岸边松树悬垂的树枝下等待着。深夜时分，池水颤抖起来，浪花掠过水面，仲敏吓了一跳，马上张弓搭箭。只见一团闪光的物体从池中升起，飞过松枝。就在仲敏拉弓之时，那个东西又飞回了池塘。等他放松下来，从弦上取下箭时，那个东西又飞了上去。如此反复几次，仲敏明白弓箭是派不上用场了。他放下弓拔出剑。这回那团发光物来到了仲敏跟前,他看见那团光里一个老妇人正咧嘴大笑。

他们离得如此之近,光里面什么样子也看得一清二楚,仲敏索性扔掉剑徒手进攻。当那团东西把他往池塘里拖时,他靠松树的根撑在岸上奋力反抗,同时掏出一把匕首对准那团东西一通猛刺。那团光熄灭了。

一只长毛野兽躺在仲敏脚下,原来是一只獾。仲敏把它背回了水无濑宫。第二天起床,两个哥哥来问他前一天晚上的情形。

"看这家伙!"仲敏边说边把那头獾扔到他们面前。

他们都佩服不已。

红发女人

（爱尔兰）

有一阵子费奥纳勇士团在阿伦因①无事可做,于是一个浓雾弥漫的早晨,芬恩为了提高队伍的士气,站起来说:"准备好,我们去格林纳斯莫尔打猎。"

众勇士表示这样的大雾天不适合打猎,但他们抱怨也没用:他们必须服从芬恩的命令。一行人很快便整装出发,前往格林纳斯莫尔。没走多远雾就散了,阳光灿烂。

他们走到一片小树林边时,一头奇怪的野兽正飞快地朝他们冲过来,身后跟着一个红发女人。那野兽爪子窄小,头似野猪,还有长长的角,身子却像一头鹿,两侧各有一轮明月。

芬恩停下脚步问:"爱尔兰的费奥纳勇士们,你们见过这样的野兽吗?"众人答:"从来没有,我们应该

---

① 芬恩的家乡。

放出猎犬。"芬恩说:"稍等一下,我先跟那个红发女人打听一下。但你们别让野兽逃了。"他们赶紧围了上去,想从前头拦住它,但根本拦不住,野兽钻出包围逃走了。

红发女人走了过来,芬恩问她这是什么野兽。她回答说:"我不知道,尽管我从一个月前离开德格湖那一刻起就一直跟着它,从此再也没有跟丢过,它身上的两轮月亮在夜晚照亮了整个乡间。我必须一直跟着它,直到它倒下,否则我就会丢掉性命,我的三个儿子也会丧命,他们可是世上最优秀的战士。"芬恩说:"如果你愿意,我们可以帮你捉住那头野兽。"女人说:"千万别这么做,我身手比你更敏捷,却也不是它的对手。"芬恩说:"不弄清这头野兽的来历我们是不会罢休的。"女人说:"要是你或你的哪个手下去追它,我就把你们的手脚绑起来。"芬恩说:"你太无礼了。你不知道吗,我是库尔之子芬恩,你眼前的这八十名勇士从未被人打败过。"红发女人说:"我对你和你的手下都不感兴趣,我的三个儿子要是在这里,肯定会拦住你们的。"芬恩说:"我和费奥纳勇士团要是会被一个女人的话吓住,那世界可就完蛋了。"他吹响了号角,大声下令:"从现在开始,所有人和狗都去追那头野兽。"

就在那一瞬间,红发女人变成一条巨大的蠕虫朝芬恩袭来。眼看芬恩就要没命,他的猎犬布兰一口咬住蠕虫,使劲摇晃,蠕虫转头紧紧缠住布兰的身子,想把她勒死。芬恩抽出一把锋利的剑，对准蠕虫的喉咙，正要下手，蠕虫却说："住手，否则你将受到一个孤独女人的诅咒。"芬恩说："你要是有机会杀死我，肯定不会手下留情。但我就饶了你吧，快滚，别再让我看到你。"

那条虫又变回了红发女人，走进林子里。

在芬恩与红发女人战斗和说话的时候，费奥纳勇士团已经追着那头野兽跑远了。芬恩不知道他们去了哪儿，于是带着布兰匆匆追赶。到傍晚时分他们才赶上，勇士们还没抓到那头野兽。夜幕降临，野兽身上的月亮发出明亮的光芒，从哪儿都能看到。勇士们一路追随，午夜时分终于逼近，野兽竟然从身后喷出鲜血，很快染红了芬恩和勇士们，但他们没有退缩，继续紧逼，直到它钻进国王山脚下，此时天已蒙蒙亮。

勇士们跟着来到山脚下，那个红发女人再次出现在他们面前。她说："你们没捉到那头野兽。"芬恩说："对，但我们知道它在哪儿。"

女人拿出一根德鲁伊手杖，在山的一侧敲了一下，只见一扇大门打开，里面传来甜美的音乐声。红发女人说："进来吧，让你们看看那头神兽。"芬恩说："我们身上太脏了，这样进去不合适。"

女人取出一只号角，吹了一声，十个年轻男子应声出现。女人说："拿些干净的水和八十套衣服来，另外再拿一套华服和一顶宝石王冠给库尔之子芬恩。"年轻男子听罢转身走开，很快拿着水和衣服回来了。

待费奥纳勇士们梳洗完毕，红发女人领他们穿过一个大厅，四面日月齐辉。他们接着进入另一个大厅。芬恩和勇士们见过不少世面，但他们从没见过如此富丽堂皇的景象。一群一看就身份显赫的人围成一圈，中间的金色宝座上坐着一位身着金碧衣裳的国王，正欣赏一群音乐家的演奏。音乐家身着彩衣，像是收集了彩虹上的每一种颜色。屋子中间摆着一张大桌子，上边摆着各式各样的珍宝，一件比一件珍稀。

国王起身热情地欢迎芬恩与勇士团，请他们在桌子前坐下来。他们又吃又喝，追了一天野兽的勇士们正需要这个。这时红发女人站了起来，说："山之国王，如果您准许的话，芬恩和这些勇士想要看那头神兽，他们已经追了它一天，正是为此而来。"

国王敲了一下他的金色座椅，身后一扇门打开，那头野兽走出来站在国王前面，俯下身来，说："我现在要前往我自己的国度，世上没有谁能比我跑得更快，海洋对我来说也与陆地毫无分别。谁要是追得上我就来吧，我现在就要出发。"

说完野兽一阵风似的跑了出去，所有人都追了出去。芬恩与勇士们很快便跑到了最前头，直逼猎物。

中午时分，布兰两次逼得野兽改变方向，第二次时野兽发出阵阵哀号，不久便开始体力不支。最终，在日落时分，它倒在了布兰身旁。

芬恩与勇士们走到跟前，却看到躺在地上的是一个高大的男人。红发女人这时也走了过来，说："费奥纳国王，你杀死的是费尔博格国王，他的人民总有一天会来复仇，你，芬恩，以及你的国民会付出代价的。我现在要去青春之国，如果你愿意的话我可以带上你。"芬恩回答："谢谢你的好意，但即便给我全世界，包括青春之国，我也不会放弃我自己的国家。"红发女人说："好吧，那你就要两手空空回家了。"芬恩说："我们在格林纳斯莫尔或许能找到鹿呢。"红发女人说："那棵树下有一头好鹿，我来为你唤醒它。"她喊了一声，那头鹿便飞奔而去，芬恩与勇士们赶紧追了过去，一路追到格林纳斯莫尔，但就是追不上。红发女人又出现了，说："你们都累坏了吧，叫你们的猎犬回来，我会让我的小狗帮你们追鹿。"芬恩拿出号角把猎犬叫了回来。红发女人则叫来一只雪白的小猎犬，叫它去追那头鹿。没多久它便追上鹿并咬死了它，然后它回到红发女人跟前，一下钻进她的斗篷。芬恩感到不可思议，但他还没来得及开口发问红发女人就消失了。芬恩知道那头鹿肯定被施了咒，所以碰都没碰。那天晚上，费奥纳勇士团筋疲力尽、饥肠辘辘地赶回了阿伦因。

把丈夫变成蛇的女人

（北美：科奇蒂①）

在科奇蒂生活着四姐妹，她们同住一个屋檐下。最大的姐姐结了婚。丈夫与妻子过了一夜后，第二天爬上了二姐的床，第三天又找上了三姐，第四天则是四姐。四天过后他与四姐妹都睡过了。不久四姐妹都怀孕了。人们议论纷纷，说："谁把她们的肚子搞大了？"连大姐都不知道妹妹们是怎么怀孕的。

四个孩子在同一天出生了。小小的身子，脸与姐夫长得一模一样。人们议论纷纷："原来是大姐的丈夫把她们的肚子搞大了。"话传到大姐耳朵里，她气坏了："丈夫竟然与我所有的妹妹都睡觉，太厚颜无耻了。我要报复他。"她有一块魔法石。她没告诉任何人自己准备做什么。她与丈夫一块儿走到一条小河边。"看我找到了什么，多漂亮。""我瞧瞧。""这可是我找

---

① 位于美国新墨西哥州的原住民保留地。

到的。"可丈夫很想要。大姐说:"站在那儿别动,你要是能接住就归你。"她把石头扔了过去,丈夫跑过去接在手中。就在碰到石头的那一刹那,他变成了一条蛇。大姐说:"快滚!自求多福吧。没想到你竟然那样对我。从今以后你只能吃玉米面和花粉了。"说完她回到家中,收拾东西离开了几个妹妹。没人知道她去了哪儿。

田螺姑娘

（中国）

从前，苏州①有一位勤劳的农夫，不仅种田放牧样样在行，家里也收拾得井井有条。邻居们都开玩笑说他根本不需要娶媳妇——他唯一不用亲自干的活儿就是清理水缸，为此他在水缸里"养"了一只大田螺。农夫有时也黯然神伤，渴望有人能分享他的生活，渴望在一天劳作之后有人等他回家。

到了秋收时节，一个晴朗的早晨，他来不及洗碗和收拾屋子就赶去了地里。晚上回到家里，他发现有人把他留在桌上的碗洗了，屋子也收拾得干干净净，灶台上还有一锅煮好的米饭。

"这怎么可能呢！"他惊讶地说，"我记得早晨锁好了门啊，谁会进来做这些事呢？"他四处找了一圈，没见着任何人影。他心想，这可真是怪事，莫非真有

---

① 原文如此。另有版本为福州。——编者注

神仙……

但他没来得及仔细琢磨,因为一天的辛苦劳作已经让他筋疲力尽,吃过晚饭不久,他就上床睡了。

第二天早上,他照例公鸡一打鸣就起了床,却感觉家里有人比他起得更早。他跑到厨房一看,早饭已摆上桌,午饭也已经装在篮子里。他又在家里找了一遍,还是没见到半个人影。他满腹疑惑地去了地里,没顾得上收拾屋子,但小心地锁好了门。

傍晚回到家,他发现屋子又变得干干净净,晚饭也准备好了。接下来每天如此,他再也不用自己收拾屋子或做饭,神秘人什么都帮他做好了。

一天早晨,天还没亮、公鸡还没叫他就醒了,听到厨房传来声响,他想一定是有人在帮他做早饭。他悄悄地从床上爬起来,蹑手蹑脚地走到厨房门口,只见灶台前站着一位身形优雅的年轻姑娘。

他揉了揉眼睛想看得更清楚,并走向前,却不小心被一张矮凳绊倒了。姑娘头也不回地逃去了院子。他紧追不舍,但只听到水缸旁边传来"扑通"一声,那位年轻女子已不见踪影。他翻遍了院子每一个角落都没找到她的任何踪迹。这时他就知道姑娘绝非凡人。

农夫有个上了年纪的婶婶,对神仙鬼怪颇有研究,他记得她有一回说,一旦化为人形的神仙吃了人类的食物,就会变成人类。他想,不妨试试。

这天他一夜没睡,躲在厨房门后默默等待。次日凌晨他听到院子里传来一阵动静,下一个瞬间,那位年轻姑娘走进了厨房。趁她全部注意力都放在做饭上,他踮着脚靠近,一把抱住了她,不由分说地把一个饭团塞到她嘴里,让她吞了下去。

"仙女,可爱的仙女!"他叫道。

"放开我,"姑娘低声说,"否则我再也不来了。"

"那你答应我不要跑掉。"

"好。"

农夫放心了,松开手,姑娘转过身来。她那么美丽,农夫盯着她看了好一会儿才回过神来。他毕恭毕敬地说:"尊贵的仙女,您请坐。"

姑娘辛辣地回答:"我不是什么仙女,别这么叫我。我是来帮你忙的,但任何时候你要是对我不好,我会立刻离开你。"

"啊,别,千万别!"他跪在地上恳求,"请不要离开。留在这儿与我共度余生吧!"

"除非你听我的。你先站起来。"

农夫赶紧爬起来站到她面前,一副服服帖帖的样子。

姑娘接着说:"你每天都要像平常一样去干活儿,离开时记得锁门。我会照顾你,照看你的家,但你一定不能告诉别人我的存在。明白了吗?"

"好,好,你说的我都照做!"他答应道。

"千万别把我的事告诉任何人!"

"我不会的!我答应你!"从那以后,他再也不孤单了。姑娘教他唱歌,于是他在田里干活儿时也会唱起歌来。她还讲有趣的故事逗他开心。他的衣服——

外套、裤子、鞋、袜——都被打理得干干净净，缝补的地方也漂亮得看不出针脚。他越来越爱笑，也越来越风趣，朋友邻居都发觉他不再是从前那个无趣的老光棍了。他们开始叫他一块儿去喝酒，但他总是能抵挡住他们的诱惑，宁愿回家去见他的姑娘。

但有天晚上，为庆祝邻居孙子的出生，他与几位友人一起去了一家酒馆。几杯酒下肚，农夫说漏了嘴，等他清醒过来，他已经把姑娘的事和盘托出。他刚说完就知道自己犯了大错，请求友人们不要告诉别人。"不然我就麻烦大了。"

几位友人却怀疑得直摇头。"你怎么知道她是个好的仙女呢？万一她是坏心肠的妖怪呢？兄弟，好好想想吧！别被一时的迷恋毁了一生！"

一个人语重心长地说："神仙鬼怪都很危险，即使是其中最好的也信不得。说什么也不能让她独自待在你家里，给你做饭。万一她往里头掺点儿什么东西，把你也变成他们那样的妖怪怎么办？"

"是啊，"另一人说，"就像你喂她吃饭团一样，谁知道她会不会喂你吃点儿什么更糟糕的东西！"

"别相信她！"他们异口同声。

农夫心烦意乱地回到家中。尽管他当面反驳了朋友的猜疑，心里却开始犯嘀咕。

他开始留意姑娘的一举一动，有时白天突然跑回家，有时大清早起来偷看她在干吗。偷看了一段时间后，他发现每次姑娘在院子里消失时，都会传来"扑通"一声，像是有什么东西掉进水缸的声音。

当他再次听到"扑通"声时，连忙跑到水缸跟前，却只见那只大田螺在缸底蠕动。

"天，不会吧！"他惊讶地自言自语，"她不会是一个田螺精吧？难道我被一只田螺迷惑了。不会吧！"

他赶紧跑去找他婶婶，告诉了她这一切，求她救救自己。明智的老婶婶建议他不要贸然行事，但他说他连再看她一眼都受不了了，他想到那滑溜溜的田螺就恶心。

婶婶叹了口气，说："那你就不需要我的智慧了。你又不是不知道，往田螺身上撒把盐就能杀了它。"

农夫愣了一会儿，转身跑了出去。

回家后，他假装一切如常。傍晚，姑娘消失在院子里。听到"扑通"一声，农夫拿着一杯盐冲到水缸前，但那只田螺已经不见了！

他困惑不解，慢慢脱下衣服，躺到床上，祈求朋友的话千万不要成真。

半夜时分，他被一阵敲门声吵醒。那位姑娘就站在门口！

他一时忘了之前的猜疑，开心地迎了上去，但姑娘后退了一步，气得浑身发抖，说："卑鄙小人！我只是来告诉你我要离开了。"听到这句话，农夫的心一阵冰凉。

他连声叫道："别，别这么说！"

愤怒与痛苦的泪水从姑娘眼中涌出，流过脸庞，她说:"我当你是个好人,所以才来帮你。我只求你不要告诉别人。你管不住自己的嘴,违背了承诺,还想要伤害我。我一片好心只换来你的恶意。你破坏了我们之间的关系。衬衫破了可以补,但信任一旦破裂就没办法了。"

农夫拼命地想该如何道歉才能令她回心转意,但一句话都没来得及说出口姑娘就消失了。他明白已经太迟了。

她彻底消失了。

农夫又过上了孤独的生活,自己做饭、收拾屋子、缝补衣裳。他还多了一件要做的事,为了纪念田螺姑娘,他在水缸里养了一家子田螺,希望有一天会再次听到院子里传来"扑通"声。

当然,就算他如愿以偿,也不会再告诉别人了。

男孩与野兔

（爱尔兰）

呃……还有一个故事，那是很久以前了，跟盖奇一家有关，他们可以说是地主，拥有一座岛，经常邀请朋友去岛上打一天猎。你知道，就是打鸭子，打野兔……岛上还有野鸡之类的。有天他们带上各种装备，去高地打野兔，你知道吧？他们往上走时，遇到一个小男孩，他们告诉他，他们带着狗，还跟他说："要是待会儿我们回来时，你能找到一只躲在荆豆丛里的野兔，我们就给你半克朗硬币。"你听着呢吧？

要知道，那会儿半克朗已经是一笔小财了。你瞧，男孩回家后告诉了奶奶，奶奶跟他说："高地那里有座小山丘，叫多兹，你爬上去等他们回来……你知道路边有一丛荆豆吧，那个荆豆丛里就能找到一只野兔。"你瞧，男孩照做了，爬上山丘，等那群人回来。但男孩跟奶奶讲这事时漏了一个细节，他忘了说盖奇一家带了狗，那些猎犬是专门猎兔的。然后吧，等他们下了山，男孩告诉他们荆豆丛里有野兔。他们把树丛围了起来，一只野兔逃了出来，几只狗连忙去追。野兔一路跑到山下，绕过多兹山下的教堂，消失在小男孩奶奶家门口。狗气疯了，门是关着的，你知道吧，狗气疯了。盖奇他们追过来，打开门，奶奶坐在炉火边，上气不接下气。男孩看着她，说："天啊奶奶，你赢了那些狗，我能得到半克朗了。"所以，那只野兔其实是奶奶变的，你知道吧。这就是那个故事。

罗兰

（德国）

从前有个老巫婆，她有两个女儿，一个又丑又坏，她喜欢得不得了，因为是她的亲生女儿；而另一个美丽又善良，她讨厌得不得了，因为是她的继女。一天继女穿了一条漂亮的围裙，亲女儿非常嫉妒，跟妈妈说她想要那条围裙。巫婆说："小声点儿，孩子，那条围裙会归你的。你妹妹早就该死了。今晚她睡着后，我就去砍下她的脑袋。你记得一定要靠墙睡，把她推到床边上。"

幸好可怜的小女儿躲在角落里听到了这番话，不然她就没命了。她一整天都不敢出门，晚上被迫睡在姐姐留给她的位置。还好姐姐很快就睡着了，她设法换了个位置，自己睡到墙边。半夜老巫婆溜了进来，右手拿着一把斧头，左手摸索着靠床边睡的身体。接着她双手举起斧头，砍下了亲生女儿的脑袋。

巫婆转身离开后，少女立马爬起来，跑出门去找她的心上人罗兰。她一见到他就说："亲爱的罗兰，我们必须马上逃跑。刚刚我的继母想要杀了我，但在黑暗之中错杀了她的亲生女儿；等天亮她发现以后，肯定会要我们的命。"

罗兰说："但我建议你先偷了她的魔杖，不然要是被她追上我们就束手无策了。"

于是少女回去偷了魔杖，又捡起姐姐的脑袋在地上滴了三滴血：一滴在床前，一滴在厨房，一滴在台阶上。做完这些，她就和爱人匆匆逃走了。

第二天早晨，老巫婆梳妆完毕后便叫女儿过来，想给她那条围裙，但半天都不见人影。她喊道："你在哪儿呢？""在台阶上。"台阶上的那滴血回答道。老巫婆走到门口，但台阶上根本没有人。她又喊了一次："你在哪儿？""这儿，这儿，厨房里，我在烤火呢。"第二滴血回答。老巫婆跑到厨房，依然不见人影。她又叫了一声："你到底在哪儿？"

"啊，我在床上躺着呢。"第三滴血回答。老巫婆走进房间，多可怕的场景啊！她的亲生女儿浑身是血，脑袋被她亲手砍下。

老巫婆疯了似的跳出窗外，四处张望，寻找她的继女。发现继女已经与罗兰一块儿逃走后，她气得大叫："你逃不了的！就算你跑得再远，也逃不出我的掌心！"说罢她穿上靴子，不到一个小时就追上了两人。但少女一发现老巫婆的身影，就立刻挥动魔杖，把罗兰变成了一座湖，自己则变成了一只鸭子，在湖面游荡。老巫婆来到岸边,向水里撒面包屑,想吸引鸭子过来,但用尽了各种办法鸭子也无动于衷。到了晚上她还是没能得逞,不得不离开。她走后,少女和罗兰变回原来的样子,趁着夜色不停赶路。天亮后,少女变成了一朵玫瑰,躲在布满荆棘的树篱上,罗兰则变成了一个街头艺人。老巫婆很快就赶上了他们,她对站在树篱前拉小提琴的罗兰说:"不好意思,我能摘一朵你身后的花吗?"罗兰说:"没问题,我还会为你演奏一曲。"巫婆刚飞快地爬上篱笆,罗兰就开始演奏。不管她喜不喜欢,她的身体都不得不跟着跳起舞来,怎么也控制不了,原来这是一支魔曲。罗兰越拉越快,巫婆越跳越高,荆棘撕烂了她的衣服,扎进她的身体,她遍体鳞伤,最后掉下来摔死了。

两人得救了。罗兰说:"现在我要去找我的父亲,安排咱俩的婚事。"

少女说:"好呀,那我就在这儿等你回来。我会变成一块红色的石头,这样就没人能认出我了。"

罗兰将她留在原地离开了。但回家后,他却迷上了另一个姑娘,忘了他的真爱。少女痴痴地等了很久很久,明白他再也不会回来了。伤心与绝望中,她把自己变成了一朵美丽的花,想着或许哪天有人会把她摘下来带回家。

几天后,一个牧羊人赶着羊群路过,看到如此美丽的花,忍不住摘了下来,别在胸前。从那天开始,牧羊人就交上了不可思议的好运。早晨起床他发现所有活儿都干完了，房间干干净净，桌椅一尘不染，炉火生得正旺，水缸满满当当。中午回家，桌上已经摆好了丰盛的饭菜。他想不出这是怎么回事，因为屋子里连个人影都找不到，也没哪儿能藏下什么人。这一切让他又喜又怕，他急着想知道是谁做的，于是去请教当地一位女智者。女智者说："肯定有人施了魔法。你挑个早晨仔细留意房间里的动静，听到或看到任何东西就扔块白餐巾盖上去，魔法就会消失。"

牧羊人照做了，第二天清晨，他看到胸前的花爬了出来。他立马跳起来扔了一块白餐巾盖在上面，魔法顿时解除了，一位楚楚动人的少女出现在他眼前。她承认自己就是那朵花，就是她在每天做家务。她讲了自己的故事，牧羊人对她一见钟情，请求她嫁给他。但少女拒绝了，她不想背叛罗兰，哪怕他已经离开了自己。但她答应留在牧羊人身边，帮他打理家舍。

与此同时，罗兰结婚的日子即将到来。根据古老的习俗，各地的少女都将受邀出席，为新婚夫妇献唱。可怜的少女听到这个消息难过极了，她感觉自己的心碎成了一片一片。如果不是因为没法拒绝找上门来的人，她压根不愿去婚礼。

轮到她唱歌时，她后退到没人的地方才开口。可是罗兰还是听到了她的声音，跳起来惊呼："我认得出这个声音！这才是我真正的新娘！除了她我不会娶任何人！"迄今为止忘却的一切瞬间又涌上心头，他再也不愿失去她了。

于是，这位忠诚的少女与她亲爱的罗兰举行了盛大的婚礼。悲伤与麻烦终于被他们抛到身后，幸福在前方等待。

蛇妻

（日本）

有个男人失去了妻子，正悲伤不已，忽然一位美人出现在他家里。他们结了婚，妻子很快怀了一个孩子。快分娩时，妻子要求他无论发生什么都不要偷看。再三确认后，妻子才独自进了房间生产。过了好久，男人实在担心，忍不住偷偷往里看，只见一条巨蛇缠绕着一个婴儿。他吓呆了，但强忍着退了出去，什么也没说。七天后，妻子抱着一个可爱的男婴出来了。但她哭个不停，说她既然露了原形便不能再留下来。她掏出自己的左眼递给丈夫，告诉他婴儿哭的时候就给他吸这个。男人细心地照料婴儿，不时让他吸那颗眼珠，但眼珠越来越小，最后终于没了。父亲背上儿子，去山上的湖里寻找妻子。他们找到了那条巨蛇，她掏出了自己的右眼，递给丈夫。她请求他在湖边挂一个铃铛，每个清晨和傍晚的六点摇一摇。说完她又隐入湖中。父亲在湖边的庙里挂上铃铛，请人定时摇响。孩子长大后知道了自己的身世,便跑去湖边见母亲。她以一个双目失明的女人的样子出现了。他把母亲背回了家,从此与她住在一起,好好孝顺她。

树林里的老妇人

（德国）

从前有一个可怜的女仆，一天她独自驾马车穿过一片树林，不幸遇到一群凶恶的强盗。他们一下子从树丛里钻出来扑向她，她慌忙跳下马车，躲到一棵树后面。强盗把她的行李洗劫一空。强盗走后，她从树后走出来，看到这幅景象忍不住大哭起来，心想，我该怎么办呢？我要怎么走出这片树林？也没有人住在这片林子里，难道我要饿死在这里？她四处找路，但根本找不着。天色越来越暗，她索性坐到了一棵树下，把命运交给上帝，决定不论发生什么都待在原地。没多久她看到一只白鸽朝她飞来，嘴里衔着一把金钥匙。它把钥匙放到姑娘的手心，开口说："看到那边那棵大树了吗？树里有个橱柜，你可以用这把钥匙打开它，里边的食物够你吃的，你不用再挨饿了。"姑娘跑到树下，打开一看，里边有一罐新鲜牛奶，还有一条白面包，正适合掰开蘸牛奶吃。她饱餐一顿，吃完后心想：

"这个点家里的公鸡和母鸡都回鸡棚了，我也累了，该去睡了。"就在这时鸽子又飞了过来，用嘴衔给她另一把金钥匙，说："看见那棵树了吗？打开它，你会看见里边有张床！"她打开一看，果然有张白色的小床，她祈求上帝给她一夜的庇护，祷告过后便上床睡了。第二天早上，鸽子第三次飞了过来，给了她另一把钥匙，让她去打开另一棵树，里边有很多衣服。她照做了，在树里找到了各式各样镶着金子与宝石的裙子，连公主看了都要羡慕。姑娘就这样在林子里住了下来。每天鸽子会给她带来她需要的一切，日子过得宁静又祥和。

然而有一天，鸽子忽然问姑娘能不能帮它做件事。姑娘说："当然！"鸽子说："那请你跟我去一间小屋，进去后你会看到一位老妇人坐在炉火边，她会跟你问好，但你不要理她，从她右手边绕过去，你会看到一扇门。打开门走进那个房间，你会看到一张桌子上摆着各种各样的戒指，其中有几枚还镶着闪闪发光的宝石，但不要管它们，找到那里面最朴素的一枚戒指，把它拿来给我，越快越好。"

姑娘照鸽子说的去了那间小屋，走了进去。一位老妇人一看到她就做了个大鬼脸，说："孩子，早上好！"姑娘没有回答，径直朝那扇门走去。老妇人大叫起来："你要去哪儿？那可是我家，没人能不经我同意就进去！"她伸出手想抓住姑娘的裙子。但姑娘悄悄地溜进了那个房间，桌子上果然堆满了戒指，在她眼前闪耀着光芒。她扔开一个个华丽的戒指，想找到朴素的那一枚，但怎么都找不到。就在这时老妇人溜了进来，拿起一只鸟笼逃了出去。她追了上去，抢过鸟笼，发现笼子里的鸟正衔着那枚戒指。她取下戒指跑回家，开心地等着白鸽来衔走戒指，但它一直没出现。她只好靠在树旁继续等待。不一会儿，那棵树变得越来越瘦弱，树枝垂了下来，忽然两根大树枝弯过来，变成了两只胳膊。姑娘转过身，发现那棵树变成了一位英俊的青年。青年抱着她，给了她一个吻，说："谢谢你把我从那个老妇人手里救了出来，她其实是个邪恶的女巫。很久以前，她把我变成了一棵树，每天有几个小时会变成一只白鸽；只要那枚戒指在她手里，我就没法变回人形。"随即，他的随从与马匹也都从魔咒中解脱出来，从树变回了原形。一行人前往了青年的王国（因为青年是国王的儿子）。姑娘与青年结了婚，两人从此幸福地生活在一起。

豹女

（利比里亚）

从前，有一个男人和一个女人要穿过一片灌木林。女人背着一个婴儿，艰难地拨开藤蔓与灌木，在崎岖的路上前行。他们没有任何吃的，越走越饿。

突然，他们走出了茂密的森林，眼前出现了一片绿茵茵的草地，一群水牛在安静地吃着草。

男人对女人说："你不是可以变形吗，变成豹子去捉头牛来吧，这样我就有东西吃了，不会饿死。"女人用不可思议的表情看着男人，说："你在开玩笑吗，还是认真的？"男人这时已经饿坏了，说："我是认真的。"

女人把婴儿从背上取下来，放到地上。她的脖子和身上开始长出毛发。接着她取下裹在腰上的布，脸变了模样，手脚变成了爪子。顷刻之间，一头猎豹站在男人眼前，用灼人的眼神盯着他。男人吓得要命，费了好大劲儿爬到一棵树上。就在他快要爬到树顶时，他发现那个可怜的婴儿几乎就要命丧豹口,但男人早已吓破了胆,不敢下去救孩子。

豹子见男人已经吃到苦果,便转头奔向牛群,完成她的使命。她一口咬住一头小母牛,拖到树下。男人还躲在树上不敢下来,哭着哀求豹子变回人形。

豹子身上的毛发渐渐消失,爪子也不见了,最终女人重新出现在男人眼前。但男人还在瑟瑟发抖,女人裹上缠腰布、背上婴儿后他仍然不敢下来。女人对他说:"再也别让女人干一个男人的活儿了。"

女人要负责照看农场、做面包、抓鱼等等,但捕猎并让家人吃上肉是男人的责任。

三个老太婆

（意大利）

从前有三姐妹正值青春，一个芳龄六十七，一个七十五，还有一个九十四。她们住的房子有一个漂亮的小阳台，阳台正中间有个小洞，可以俯瞰街上路过的行人。一天，九十四岁的大姐看到一个英俊的年轻人走过来，赶紧拿出一条香喷喷的手绢，扔向空中，飘到街上。青年走到阳台下时手绢正好落到他脚下。他捡起来，闻到怡人的香味，心想，这肯定是一位美丽的少女掉的。他已经走出好几步，又走了回来，按响了房子的门铃。三姐妹中的一位应了门，青年问："请问是不是有位年轻的女士住在这幢房子里？"

"没错，还不止一位呢。"

"不知道能不能让我见见这条手绢的主人呢？"

"那可不行。未婚的少女不能见陌生人。这是我们家的规矩。"

青年想象着少女的美貌，不能自已，冲动地说：

"这个要求并不过分，我会娶她的。我先回去告诉母亲我找到了一个可爱的少女，我打算娶她为妻。"

他回到家里，跟母亲说了事情经过。母亲说："亲爱的儿子，当心点儿，别被人骗了。你可要想清楚。"

"她们的要求并不过分。我已经许下诺言，国王必须兑现自己的承诺。"青年说，原来他是一位国王。

他回到新娘的房子，按响了门铃。之前那个老太婆应了门。青年问："您是她的奶奶吗？"

"没错，我是她的奶奶。"

"那么请答应我一个请求，让我看一眼那位姑娘吧，哪怕就一根手指也好。"

"现在不行。你明天再来吧。"

青年告辞了。他一走，三姐妹便用手套和假指甲做了一根假手指。与此同时，青年想着第二天要见到那位少女的手指，激动得整夜睡不着。好不容易熬到天亮，他穿好衣服就跑向了那座房子。

"女士，"他对那个丑老太婆说，"我来看新娘的手指了。"

"好，好，"她答道，"这就来。你可以从这扇门的钥匙孔里看。"

新娘把那根假手指从钥匙孔里伸出来。它看上去是那么美，青年忍不住亲吻了那根手指，并为它戴上了一枚钻戒。青年此时已神魂颠倒，他对丑老太婆说："奶奶，我要立刻娶她，一天都不愿多等。"

"你要愿意的话就明天娶她吧。"

"太好了！我以国王的荣誉保证，明天就来娶她。"

三个老太婆有的是钱，一夜之间就准备好了婚礼所需的一切。第二天，两个妹妹帮新娘穿上了婚纱。国王走到门口说："奶奶，我来了。"

"稍等一会儿，我们这就把她带来。"

终于，两个妹妹扶着新娘走了过来，头上戴着七层面纱。其中一个妹妹对青年说："到了新房你才能揭开面纱看她的脸。"

他们去教堂举行了婚礼。婚礼后，国王本想让其他人都去吃饭，留新娘和自己独处，却被老太婆一口拒绝："新娘可不会同意这种蠢事。"国王只好作罢。他急不可耐地等待夜晚来临。老太婆们终于把新娘带去了房间，但让国王先留在门外，等她脱下衣服躺到床上。国王终于进了房间，却只看见新娘躲在被子下，而两个老太婆还在房间里忙着。他脱了衣服，两个老太婆却带走了房间里的灯。但国王在口袋里藏了一根蜡烛。他摸出蜡烛，点亮一看，只看见了一个浑身爬满皱纹的丑老太婆！

他惊得说不出话来，吓得无法动弹，接着一气之下把妻子扔出了窗户。

窗外是葡萄藤架。老太婆撞进了架子，但睡衣一角钩在了一根木条上，把她挂在空中晃荡。

那天晚上恰好三个仙女在花园里散步。走到葡萄架旁时，她们看到了挂在空中晃来晃去的老太婆。她们忍不住哈哈大笑，脸都笑疼了。笑过瘾后，其中一个说:"她让我们开心了这么久,我们应当奖赏她。"

"没错,"另一个仙女表示同意,"让我来把你变成世上最美的少女。"

第二个仙女说:"那我会让你拥有世上最英俊的丈夫,而且他会全心全意地爱你。"

第三个说:"我会让你尽享贵妇的一生。"

说完她们便离开了。

天亮后国王醒过来,想起前一天晚上的事。他不知道这是不是一场噩梦,于是他打开了窗户,想看看被他扔出去的那个怪物,却看到葡萄架上坐着一位最可爱的少女。他懊恼地拍着脑袋。

"天哪,我干了什么!"他不知该怎么把她拉上来,想了半天最后扯下床单,把一头扔给她,让她抓紧,把她拉了上来。妻子回到房间后,国王激动不已,请求她的原谅。她原谅了他,两人成了最好的朋友。

不一会儿房间外传来敲门声。国王说:"一定是奶奶,请进,请进!"

老太婆走进房间,看见床上坐着的不是她九十四岁的姐姐,而是一位可爱无比的少女。少女若无其事地对她说:"克莱芒汀,给我拿咖啡来。"

老太婆惊讶得连忙抬起手捂住嘴。然后她也装作什么事都没发生,端了咖啡过来。但等到国王出门办事后,她立刻冲进房间问姐姐:"你怎么会变得这么年轻?"

"嘘!"少女小心地说,"小点儿声!你听我说,我让人把我的皱纹都刨了。"

"刨了？谁帮你刨的？我也要去找他。"

"当然是木匠！"

于是老太婆一溜烟跑去了木工店。

"木匠，你能不能把我身上的皱纹都刨了？"

"我的天！"木匠叫道，"你都半截入土了，我要是用上刨子你就该没命了。"

"这不是你该考虑的。"

"什么叫不是我该考虑的？你是想让我杀了你吗？"

"别担心，听着，我给你一枚银币。"

听到"银币"，木匠改变了主意。他接过钱，说："躺到我的工作台上，我这就拿刨子来。"他开始刨她的一侧下巴。

老太婆发出一声尖叫。

"嘿，嘿！你要是这么尖叫下去的话，我可干不了。"

老太婆转过身去，让木匠刨她的另一侧下巴。这回她一声都没吭：她已经死了。

另一个老太婆也不见了踪影。她或许淹死了，或许被人杀了，又或者死在了自己床上，没人知道。

只有新娘留在了这座房子里，从此与年轻的国王幸福地生活在一起。

Part
05

四季万物的守护者

第一批人类与第一根玉米

（北美：印第安）

很久很久以前，伟大的先师克洛柯贝独自生活在一片无人的土地上。一天中午，一个年轻男子出现在他面前，称他为"母亲的兄弟"。

他站在克洛柯贝跟前，说："我诞生于大海上的泡沫。风把海浪吹成泡沫，阳光照耀着泡沫，温暖的泡沫孕育出生命，那就是我。你看，我年轻又灵敏。我过来与您一同生活，为您提供一切帮助。"

另一天中午，一个年轻女子出现在他们面前，称他们为"我的孩子们"。"我的孩子们，我过来与你们一同生活。我是带着爱而来，我会给你们爱，如果你们也愿意爱我并实现我的愿望，全世界的生命都会爱我，连野兽也不例外。我拥有力量，愿把它赐予每一个人；我心怀慰藉，因为我虽然年轻，但我的力量将会抚慰每一寸土地。我诞生于土地上的美丽植物。露水落在绿叶上，阳光照耀着露水，温暖的露水孕育出生命，那就是我。"

克洛柯贝朝着太阳高举双手，赞美上天。后来，年轻男子与年轻女子成了夫妻，她成了第一位母亲。克洛柯贝教育他们的孩子，为他们做了许多了不起的事。完成自己的职责后，克洛柯贝去了北方生活，直到他该回来的时候。

这片土地上的人越来越多。一场饥荒袭来，第一位母亲越来越悲伤。每天中午她会离开丈夫的小屋，傍晚时分才回来。深爱她的丈夫也十分难过。一天他跟着她走到河边，在那里等着她。

只见她把脚浸在水里，边踏着河水边唱歌，看上去十分开心。丈夫发现她右脚后面似乎拖着一串长长的绿色叶片。上岸后，她弯下腰，摘下叶片，脸上又浮现出忧郁的神色。

黄昏时分，丈夫跟着她回了家。他叫她出来欣赏美丽的日落。两人肩并肩站在那儿，七个孩子来到他们跟前。他们看着妈妈的脸，说："我们饿了，天要黑了。吃的在哪儿？"

大颗泪珠滑过女人的脸庞。她说："孩子们，别说了。七个月后你们就能吃饱，不会再挨饿了。"

丈夫伸出手，擦掉她脸上的泪水，问："亲爱的妻子，我怎么做才能让你开心起来？"

"什么都不行，"她说，"没什么能让我开心了。"

丈夫只好前往北方，去向克洛柯贝请教。第七天早晨，他回到家中，说："亲爱的妻子，克洛柯贝告诉我，让我照你说的做。"

女人高兴地说："你要杀了我，接着让两个男人抓着我的头发，拖着我的身体走过一片田野，把我的骨头埋在田野的中央。然后让他们离开，七个月以后再回来，找到田里长出来的东西，吃下去。那是我的肉。你们要留下一小块，再种到地里。我的骨头不能吃，但你可以把它烧了。烧骨头的烟会保佑你和孩子们平安。"

第二天日出时分，男人杀了他的妻子。他照她说的让两个人把她的身体拖过一片田野，直到她身上的肉都掉了下来。他们在田野中央埋下了她的骨头。

七个月过去了，丈夫再次来到那片田野，看到地上长满了高高的植物。他尝了一口植物上结着的果实，味道很甜。他管它叫 Skar-mu-nal——玉米。他看到埋葬妻子骨头的地方长着一株阔叶植物，味道很苦。他管它叫 Utar-mur-wa-yeh——烟草。

当地人迎来了丰收，满心欢喜。但男人不知该如何分配采到的果实。他派人去向克洛柯贝请教。克洛柯贝来到这里，见到丰收的场景，说："第一位母亲最初的话应验了，她说她诞生于美丽植物的叶子，她还说她的力量能够抚慰每一寸土地，每一个人都应当爱她。"

"现在她化身植物，这是她的肉，第一位母亲的第二颗种子会永远伴随你。她的骨头会给你带来好运。把它们烧了吧，那烟会令你头脑清醒。这一切全部来自一位善良的女人，你永远不能忘记。吃东西时要想起她。烧骨头的烟升起时要想起她。这些人全是你的兄弟，你要与他们分享她的骨与肉。每一份都要均等，因为只有这样第一位母亲的爱才能得到实现。"

火女神

（西伯利亚）

很久很久以前，所有塞尔库普人[①]都住在同一个营地，四顶巨大的帐篷就是他们的家。

一天，男人都去林子里打猎了，只留下女人和孩子们在帐篷里。三天过去了，猎人们还没回来。一个女人走出她的毡帐，劈了几根柴。她把木柴搬进帐篷，扔进炉子，生起火来。她抱着婴儿凑近火苗。很快炉火便欢快地噼啪作响，火光温暖了母亲怀中的婴儿。

忽然，一颗火星迸出，掉在孩子身上，烫伤了他。婴儿疼得叫出声来，母亲跳起来，生气地吼道："不知好歹的火！我给你木柴让你燃烧，你却伤害我的孩子。我再也不给你添柴了。我要把你砍碎，再拿水来把你浇灭。"

她把婴儿放到小床上，先是拿起一把斧头，冲着火乱砍一通，然后拿起一罐水，冲着余烬浇了下去。

[①] 俄罗斯西伯利亚北部地区的原住民。

"看你还怎么烧！"她大声说道，"我把你彻底浇灭了，一颗火星都不剩。"

火果然没有再烧起来。帐篷里黑漆漆的，婴儿这回冻得大哭起来，哭声比之前更响亮。母亲这才意识到自己做了蠢事。她试着再去拨弄那堆火，但无论她怎么扇风吹气，都没能让火再烧起来。

婴儿还在号啕大哭，女人只好去向邻居借火。但她一掀开邻居的门帘，炉子里的火立刻就灭了，再也点不燃。每个帐篷都是这番情形。哪怕她只把门帘掀开一条缝，火也会立刻嗞嗞冒烟然后熄灭。

大家纷纷责备她，一位老妇人告诉她，她肯定得罪了火女神。

那位母亲难过得哭了起来：整个营地没有一丝火光，没人能生起火来，每个帐篷里都又黑又冷。

"姑娘，来，我们去你的帐篷吧，"老妇人说，"我看看你到底干了什么，让火女神这么生气。"

她的帐篷里格外寒冷，婴儿哭得比之前更凶了。老妇人掏出两根木棍不断摩擦，想打出火苗，她耐心地试了又试，但就是不见半点儿火星。忽然，她惊讶地发现炉子里冒出微弱的光。她弯下腰去看。起初她只能看到黑乎乎一片，渐渐地，她看出有位老妪蹲在那儿。她使劲盯着看，老妪布满皱纹的脸发起光来，面色越来越红润，像一团火在燃烧。

老妪开口说："别生火了，你不会成功的。这间帐篷的主人严重冒犯了我，我不会原谅她的。她用斧头砍了我的脑袋，还朝我的脸泼水。"

"我知道那个笨姑娘干了坏事，"老妇人说，"但火女神，请您不要迁怒于我们所有人，那个姑娘太年轻，太傻了，害我们所有人受苦。求求您，赐给我们火吧。"

火女神沉默了，似乎对老妇人的请求无动于衷。过了很久，她终于开口："好吧，如果答应我一个条件我就赐给你们火：那个笨姑娘必须把她的儿子给我。我会从他心脏燃起一团火。这样她才会知道要尊重火，不再鲁莽行事。"

老妇人对那个年轻母亲说："就因为你，七个部落的人都没了火。你让我们怎么生存？没有别的办法了，尽管这么做很残忍，但你必须放弃你的孩子来拯救我们！"

年轻的母亲听了泪流不止，为自己的鲁莽而懊恼，也为这残酷的后果心碎。但别无他法：为了能让七个部落的人活下去，她只有牺牲自己的孩子。她照做了。

她交出孩子后，火女神化作一团巨大的火焰笼罩在她上方，说："塞尔库普人，你们现在知道了吧，除非万不得已，否则别用任何铁制工具碰火，而且一定要先征得我的同意。牢记我的话。"

说罢她把手指放到木柴上，木头燃烧起来。火苗一下蹿得老高，盘旋着升上天空。与此同时，火女神卷起孩子消失在火焰中，从此再也没有现身。

"今天发生的事会成为一个传说。"老妇人告诉悲伤的母亲，"人们将代代相传，说火来自你的孩子的心脏，你这么做是为了拯救所有塞尔库普人。"

阿南西和秘密花园

（非裔加勒比）

这座花园是老巫婆的。本不该有任何人看到这座花园，但阿南西经常听人提起这座石头上长出来的花园。

"这是世上最美丽的花园。"不止一个人偷偷这么跟阿南西说。

"如果你要去看的话，只能一个人去。"他们还偷偷告诉阿南西。

于是阿南西独自出发去寻找这座花园。

阿南西来到一片满是岩石的荒漠，爬上一座满是岩石的山坡。到了山顶，他喘得像匹被缰绳死死勒住的马。

平坦的山顶上，花园向蓝天敞开。阿南西喜出望外，看得出神。

"原来是真的。这是世上最漂亮的花园！"他自言自语，"花园在生长，在开花，在结果，在成熟！看那些肥硕的蔬菜！看那些闪闪发光的果实和花朵！看花园里满眼的红色、橘色、棕色、黄色和紫色！"

阿南西沿着花园的边缘走啊走,嘴里继续嘟嘟囔囔:"花园里蔬菜长得多么肥美啊。那么多花让人看了就忘不掉。还有那些开满花的果树!这花园里有太多太多东西了,连空气都是甜的!"

他弯下腰,仔细观察地上的岩石。植物的根都钻了进去,藏在如同光滑土堆的石头底下。

他站起来,不可思议地看着艳阳下色彩缤纷的花园。他轻声说:"阳光也会扎根。阳光扎了根,像花园一样生长。"

阿南西转过身,顺着遍布岩石的山坡边往下走边唱:

　　石头上的阳光装扮出一座花园。
　　石头上的阳光装扮出一座花园。
　　风给种子插上翅膀。
　　风给种子插上翅膀。
　　抓住它们,放到口袋里,回家种下吧!
　　一片一片,运气悄悄地一点点降临。
　　风从石头地上吹起种子!
　　抓住它们,放到口袋里,回家种下吧。
　　抓住它们,放到口袋里,回家种下吧。
　　石头上的阳光装扮出一座花园!

唱完歌,阿南西还在不断回忆那座花园的繁茂、肥硕与色彩。

阿南西开始想象这座花园是自己的。他开始想象拥有这样一座花园会是什么感觉。他开始想这座花园能带给他什么。他知道这座花园会惹来无数人赞美。酷暑难耐时,他可以躺在花园的树荫下休息,听鸟儿歌唱,然后睡上一觉。

"老巫婆才不需要这么美的东西呢!"阿南西叫出声来。

接着他发出一阵兴奋的大笑,他知道这座秘密花园将会属于他——阿南西!

但他也知道,没人能轻易夺走那座花园。首先,花园里有个花匠。他负责照料植物,也负责看守花园。其次,花园里有种神秘的魔法,谁要是吃了从花园偷来的果实就会长病不起,直到小偷被找出来。最后还有十分重要的一点,花匠每天都会演奏长笛。

花匠拄着一根比他自己还高的拐杖。每天日落时分,他都会把拐杖放在一旁,舒服地坐在一堆石头上,对着花园吹奏长笛。整个花园都沉浸在他的乐声中,直到夜幕落下。

他一吹奏长笛,老巫婆就会过来听。老巫婆总会穿着一身红衣,悄悄地溜进花园。有时她静静地听完就离开。有时她会在花园中央一块平坦的岩石上跳起舞来。

但有一条规则必须要遵守。花匠演奏长笛不能超过一定的时间。一旦超过这个时间,他就再也没法停下来。另外,如果老巫婆当时在跳舞,她也没法停下来了。

阿南西回家后，对儿子说："塔库玛，你去帮我找黑鸟克林克林兄弟，让他再叫上他的九个堂兄弟。我要拜托他们做件事，这事需要脑子聪明，还要特别小心。我想要他们藏在花园里，听花匠吹长笛，记住那个旋律，一点儿不能错。我要他们去学习、去了解、去记住每一个音符。"

黑鸟族照阿南西说的溜进了花园，偷听花匠吹奏的旋律。克林克林和他的堂兄弟们听觉都很灵敏。他们很快就记住了笛子吹出的每一个音符。

接着阿南西联系了花匠，邀请他来家里吃饭。阿南西亲自去花园接花匠。他给花匠设下一个陷阱。他说："噢，花匠先生，我刚好路过这一带。我们不是约好了一起吃饭吗，你也知道，我阿南西是不会错过和好伙伴的约定的。所以我就过来找你了。"

花匠拄着比他自己还高的拐杖，与阿南西并肩朝他家走去。与此同时，阿南西的儿子塔库玛正前往秘密花园。

他飞快地从花园里偷了些食物。

日落时分，黑鸟族来到花园里，坐在花匠平时坐的那堆石头上。他们朝整个花园唱起长笛的旋律。

黑鸟族分成三组轮流献唱，一组刚停下，另一组就天衣无缝地接上。他们就这样完美地复制了花匠的笛声。

黑鸟族的嗓音像笛声一样甜美，他们对着花园唱啊唱啊。长笛的旋律充满了花园，也充满了整个日落的傍晚，甚至比花匠吹奏得更甜美动听。

老巫婆穿着一身红衣，慢慢地溜进花园。她站在那块平坦的岩石上，缓缓跳起舞来。红色长裙摆了起来，起初只是微微摆动，后来越摆越快，转了起来。老女巫张开双臂，从头到脚都在旋转，转啊转啊转。夜幕降临，黑暗中老巫婆像旋转木马一样转个不停。

最后一个唱歌的是克林克林兄弟。他独唱的声音飘荡在花园上方时，老女巫已经倒在一堆红衣服上，死了。而花匠在阿南西家里吃了从花园里偷来的食物，其他人都没吃。所以他也追随老巫婆的脚步，死掉了。

阿南西忙着处理后事，他把老巫婆和花匠埋到了尽可能远的地方，还把花匠的长拐杖放到他身边一起埋了。

然后阿南西欢快地跳起舞来，边跳边唱：

石头上的阳光装扮出一座花园。
抓住它们，放到口袋里，回家种下吧！

阿南西开始计划要做顿大餐，让自己、家人和朋友大饱口福。他还盘算着要请狗兄弟、猪兄弟和驴兄弟来花园干活儿。

第二天一清早，他便找来狗兄弟、猪兄弟、驴兄弟以及其他人一块儿去秘密花园。

他们来到花园一看，阿南西不敢相信自己的眼睛，每一颗水果、每一棵蔬菜、每一朵花都枯萎了。每一片叶子都干巴巴地卷成一团。阿南西自言自语起来:"整个花园都枯萎了。秘密花园死了。死了!死绝了!"

他唱了起来:

啊,故事结束了!
啊,故事结束了。
花园死了。
花园死了。
啊,花园死了!

每个人都很伤心。就连那些从未见过这座花园的人也感到伤心,非常伤心。

"再也不能让这种事发生了。"大家都说。

没人喜欢玩弄诡计的人。

约翰尼,把刀拔掉

(爱尔兰口头传说)

都说三个大浪过后,海会平静一阵,接着便是三个小浪。事实就是如此,总是三个三个地来。我知道西海岸的人都说浪是七个七个地来。七个巨大的浪过后,是七个小浪。但在这个地方我们总是看到三个大浪连着来。大家常说,你如果遇到过这样的浪,肯定是在岛的背面,那里有大礁石,我们管那叫"弓"。如果有人跟你说他们看见"弓"断了,他们其实是在说大浪拍打礁石。

在岛的另一侧有一座"弓",有一次三个渔民去那儿捕鱼,他们懒得划船绕到"弓"后边,而是抄近道从"弓"下面过去。我前面说了,浪总是三个接三个地来,三个大的三个小的,但他们不小心数错了,碰上这种情况,据说只有一种方法能保命。当非常大的那种浪扑过来时,如果你身上带着任何尖利的、类似钢制小刀那样的东西,就是能把人割伤的那种,向大浪中间扔过去，你就会平安无事。

那三个在岛的另一边捕鱼的人数错了浪。他们本该等三个大浪过去后再开始划船，但他们只数了两个浪就划了出去。所以他们正好划到礁石底下时，第三个浪眼看着涌了上来，他们这才知道自己数错了。知道大浪要扑下来了，约翰对父亲说（船上是一对父子和一个邻居）："我们完了，我们逃不掉。怎么划都没用，我们没法脱身的。"父亲对他说："往后划。"父亲想让船掉头，但浪就在他身后，船已经在浪跟前，他们没路可逃了。父亲说："别慌。会没事的。"然后他把手伸进口袋，掏出一把折刀来，他打开刀，就在大浪要扑下来的时候，他瞄准浪的正中心把刀扔了过去。然后浪就从他们身边扑了过去，他们都没事。但就在浪从旁边扑过去时，大浪的背面出现了一位女子，胸口正中间插着刀。浪渐渐平息，她开口说话了，她对父亲说："约翰尼，把刀拔掉。"父亲说："我不。"她又说："约翰，把刀拔掉。"他也说："我不。"

所以就是这样。父亲再也没有出过海，他跟儿子解释了一切，说那个浪本来会扑到他们身上。他说，他不能再回海里，不然他的船肯定会撞上厄运。他只有那一次机会，他抓住了那次机会，再也没有下一次了，不能再这样做了。所以他肯定得付出点儿代价。如果他再回到海里，船肯定会翻，海会把他们都带走。总之，这就是为什么他再没出过海。

所以，人们都说如果你遇上这事，就拿出一把刀冲着海浪的正中心扔过去。这样你就能活命，船上的每个人都能得救，但你必须放弃点儿什么，你再也不能捕鱼了。

雪女儿与火儿子

（冰岛）

从前有一对夫妇，膝下无子，他们为此十分悲伤。一个晴朗的冬日，夫妇两人站在他们的木屋外晒太阳。女人看着屋檐上垂下的一排小冰柱，叹了口气，对丈夫说："要是我们有像这排冰柱这么多的孩子就好了。"丈夫说："那我也再高兴不过了。"这时，一根细小的冰柱从屋檐上落下来，正好掉进女人的嘴里，她笑着吞了下去，说："说不定我会生一个雪宝宝呢！"丈夫被这个奇怪的念头逗笑了，两人进了屋。

不久之后，女人真的生下一个小女孩，像雪一样白，像冰一样冷。一靠近火她便会尖叫起来，必须赶紧把她抱到凉快的地方。小女孩长得飞快，几个月后就能跑能说话了。但她没少让父母操心，整个夏天她都躲在地窖里不肯出来，而整个冬天都在外边玩雪，天越冷她越开心。父母管她叫"我们的雪女儿"，这个名字将会伴随她一生。

一天父母坐在炉火边,看着女儿在屋外肆虐的暴风雪中玩得正欢,聊起她这些不寻常的行为。女人深深叹了口气,说:"我要是生个火儿子就好了!"话音刚落,炉子里一颗火星溅了出来,落在她的大腿上。她笑着说:"这下说不定我真能生个火儿子了!"男人听了笑了出来,认为这是一个好笑话。但不久之后,妻子真的生了一个男孩,他一靠近火就开心得大笑,而一靠近雪女儿就大喊大叫。雪女儿也尽可能地避开弟弟,总是躲在离他最远的角落。父母管儿子叫"我们的火儿子",这个名字将会伴随他一生。他也没少让父母操心。但他长得飞快,一岁不到就能跑能说话。他红得像一团火焰,浑身滚烫,总是紧挨着炉火,经常抱怨冷。姐姐一进屋,他恨不得爬进火堆里,而女孩则只要一靠近弟弟,就抱怨太热了。夏天,男孩成天待在太阳下,女孩则躲在地窖里。因此姐弟俩很少碰面,他们总是小心地避开对方。

女孩渐渐长成了一位美丽的姑娘,父母却相继去世了。火儿子也长成了一个英俊又强壮的青年,他对姐姐说:"留在这儿有什么意思呢,我要去看看外面的世界。"

姐姐说:"我跟你一块儿去,除了你这世上我没别的亲人了,而且两人一起能互相有个照应。"

火儿子说:"我全心全意地爱你,但只要你靠近我就冻得要死,而我一靠近你就热得要死!就这样我们怎么一块儿旅行呢?"

"别担心，"女孩回答说，"我仔细考虑过了，我想了个办法，做了两件毛皮斗篷，一人一件，披上它我就不会那么怕热，你也不会那么怕冷了！"于是他们披上毛皮斗篷，开心地上路了。他们第一次这么愉快地相处。

火儿子与雪女儿在世界各地旅行了很长一段时间。冬天到来时，他们决定在一棵大树下扎营到春天来临。火儿子搭了一座帐篷，燃起一堆巨大的火。姐姐则成天穿着单薄的衣裳待在户外。一天，那片土地的国王来到森林里打猎，见到在林子里散步的雪女儿。他很想知道这位美丽的女孩是谁，便停下来跟她搭话。他知道了她忍不了热，而她弟弟则受不了冷。国王对雪女儿一见钟情，请她做自己的妻子。女孩答应了，他们举办了隆重的婚礼。国王为妻子在地下建了一座华丽的冰宫，即使到了夏天也不会融化。他又为妻子的弟弟建了一座四周都是壁炉的房子，炉火每日每夜都在熊熊燃烧。火儿子十分开心，但他的身体也变得越来越烫，谁都没法靠近。

一天，国王举办了一场盛大的宴会，邀请火儿子参加。他一走进房子，一屋子人都逃了出去，因为他散发的热量实在太大了。国王生气地说："要是我知道你会惹出这么大麻烦就不让你进屋了。"火儿子笑着说："亲爱的姐夫，别生气！我喜欢热，姐姐喜欢冷——过来给我一个拥抱，然后我立刻就回家。"国王还没来得及回答，火儿子就一把将他紧紧抱住。国王疼得大叫，他的妻子雪女儿本来躲在隔壁房间，听到声音冲了出来，但国王已经躺在地上死了，化成了灰。雪女儿见状气得向弟弟扑了过去。这是一场史无前例的打斗。很多人闻声赶来，但只见到雪女儿化成了水，火儿子变成了灰。这就是这对不幸姐弟的结局。

霍勒妈妈

（德国）

从前有一位寡妇，她有两个女儿，一个聪明又美丽，一个丑陋又懒惰。但她十分偏心那个又懒又丑的女儿，因为那是她亲生女儿。那个漂亮女儿要干家里所有的家务，与女仆没什么区别。每天她都会坐在大路上的一口井旁纺纱，一刻不停，直到手指满是血泡。一天她手指又破了，血滴到纺锤上，她赶紧走到井边想洗干净，但是很不走运，纺锤掉到了井里。她哭着跑回去告诉了继母，继母却无情地斥责了她一通，最后说："既然是你把纺锤掉下去的，你就得去捡上来，不把东西找到就别回来见我。"

可怜的女孩只好回到井边，但她不知该怎么做。伤心和绝望之下，她跳进井里，沉到井底，失去了意识。过了不知多久，她醒了过来，发现自己躺在一片美丽的草地上，阳光暖洋洋地照在头顶，脚下无数鲜花绽放。她站起来，在这个神奇的地方四处游荡，忽然看到一个面包师的烤箱，里边放满了面包。那些面包冲她喊："把我拿出来，把我拿出来，不然我要烧成灰啦！我早就烤好了！"她赶紧走到烤箱跟前，把面包一个接一个地取了出来。

她继续往前走，又遇到一棵树，上边结满了红通通的漂亮苹果。苹果树冲她喊："摇摇我，摇摇我，我的苹果都熟透了。"她用力摇了摇树，苹果像雨滴一样掉了下来，一个不落。她把苹果捡起来堆成一堆，又继续往前走，在一座小房子前停下了脚步。一位老妇人坐在房子门口。她露着一口可怕的大牙，女孩吓得转身就要跑，但老妇人叫住了她："亲爱的孩子，你怕什么呢？待在我身边当我的女仆吧，只要你认真干活儿，我会好好奖励你的。但你整理我的床时必须格外小心，你要使劲摇晃它，直到看到羽毛飞起来，这样世上才会下雪。我可是造雪的霍勒妈妈。"

老妇人温柔的语气打动了女孩，她答应留下来当女仆。她努力地讨老妇人欢心，摇晃她的床铺时格外用力，直到羽毛像雪花一样飞舞。她过得轻松自在，没挨过骂，靠这片肥沃的土地生活。但一段时间以后，她伤心起来。一开始她也不知道是为什么，后来发现自己是想家了。于是她跟霍勒妈妈说："我知道我在这儿过得比以前要好上千万倍，您对我也好得不得了，尽管如此，我还是想回家。我不能再陪在您身边了，我要回到我的世界去。"

"听你这么说我很高兴，"霍勒妈妈说，"这段时间你尽心尽力地服侍我,因此我来告诉你回去的路。"

她牵起女孩的手,领她走到一扇门前。门开着,女孩走了进去,忽然头上哗啦啦落下大把大把的金子,几乎把她从头到脚埋在里面。

"这是我给你的奖赏。"霍勒妈妈说。说完她又将掉到井里的那把纺锤给了女孩,接着关上了门。女孩一瞬间回到了从前的世界,她住的房子就在跟前。她走进院子,站在墙上的老母鸡扯开嗓子叫了起来:

咯咯咯,咯咯咯,
我们的金女仆回来了。

继母见她浑身是金子,热情地欢迎了她。

她告诉了继母事情的经过,继母得知她这样发了财,便一门心思让她那个又懒又丑的女儿去效仿,让她也坐在井边纺纱。为了让血滴在纺锤上,女孩用荆棘上的刺戳破了手指。接着她把纺锤扔进井里,自己也跳了下去。与姐姐一样,她也来到了那片美丽的草地,走在同一条路上。

烤箱里的面包冲她喊:"把我拿出来,把我拿出来,不然我要烧成灰啦!我早就烤好了!"这个没用的女孩却回答说:"开什么玩笑,我才不会为了你们弄脏手呢!"

她继续往前走,很快遇到了那棵苹果树,它正嚷嚷:"摇摇我,摇摇我,我的苹果都熟透了。"她听了却说:"我得跑远点儿,别让苹果砸到。"

她接着往前走,来到了霍勒妈妈的屋子跟前。她一点儿也不害怕,因为姐姐早就告诉过她霍勒妈妈有一口大牙,她急不可耐地答应留下来做女仆。第一天,她想着那些金子,认认真真地听从吩咐,勤勤恳恳地干了所有活儿。但第二天她就开始偷懒了,第三天早晨连床都不想起。她根本没照霍勒妈妈吩咐的那样用力摇床,直到羽毛飞舞。霍勒妈妈很快就受不了她了,让她回家,懒姑娘听了高兴得很。

她想:"我就要等到金子雨了。"

霍勒妈妈把她领到同一扇门前,但她走过去以后,浇在她身上的不是金子雨,而是满满一桶沥青。

"这就是我给你的报酬。"霍勒妈妈说完关上了门。

懒女孩带着满身沥青回到家,站在墙上的老母鸡扯开嗓子叫了起来:

咯咯咯,咯咯咯,
我们的脏懒货回来了。

粘在她身上的沥青怎么也洗不掉,伴随了她一辈子。

Part
06

女巫工具包：
大锅、扫帚与魔鬼之约

去斯凯岛！

（苏格兰）

杰克与妈妈住在斯凯岛西端一座很小的农场里。他每天在农场里干各种各样的杂活儿。他去村子里时，经常看到一位老妇在一间小店卖鸡蛋什么的。一天老妇和他说起话来，问他叫什么名字。

他说："我叫杰克。"

老妇问："你住哪儿？"

他答："我跟妈妈住在岛的尽头。"

老妇又问："你妈妈是做什么的？"

他答："她有一座小农场。"

老妇说："啊，我认识你妈妈。我问你，你们这阵儿忙吗？"

他回答说："不忙，妈妈已经收完了干草，现在没什么事干。"

老妇说："那好，跟你说，我和姐姐住在岛那头，离这儿十英里远的地方。你回家问一问你妈妈，问她愿意让你去我们那儿帮几天忙吗?我们有大堆草等着收割,但我姐姐腿不好,我们自个儿干不了。"

他答:"好,我回去问问我妈。"

老妇说:"我以前跟你妈妈很熟,不过已经好多年没见过她了。"

杰克回了家,他一走进屋子就听到妈妈的声音:"小伙子回来啦。"

"嗯,"杰克说,"我回来了。今天我在那间小商店碰到一件好玩的事。我遇到了你的一个老朋友,一位老妇人。"

"我知道那是谁,"妈妈说,"老玛吉。她还有个姐姐老珍妮。我好多年没见过她们了。她们跟你说什么了?你知道吗,岛上有不少关于她们的流言呢。"

杰克说:"啊,她可是位和蔼可亲的老妇人,比谁都友善!她问我愿不愿意去她那儿干活儿呢。"

妈妈说:"什么?去给她干活儿?杰克,你自己决定要不要去吧。据我听到的那些说法,她们很可能是女巫。如果你要去的话……"

"妈妈,我去去无妨。"杰克说,"那个老妇人只说让我去几天,帮忙收干草。反正我这几天在这儿也没事干。"

妈妈说:"好吧,你自己决定。但我提醒你,一定要小心。她们让你吃什么或让你干什么,你都留个心眼儿,不要大意,因为她们肯定是女巫!"

"哎呀,妈妈,"杰克说,"现在哪儿还有什么女巫。"

第二天一早，妈妈给他准备了早饭，他好好吃了一顿，因为接下来要走十英里路去岛的那一头。他走啊走，天气很好，阳光明媚。他走啊走，穿过一座村庄，来到坐落在海边的小农场。他上前敲门。上次见过的那位老妇走了出来。

"哦，是你啊，约翰，"她说（她一开始叫他约翰①），"快进来。我正要叫我姐姐老珍妮起床吃早饭呢。"她让杰克坐在桌前，给他端来一份丰盛的早餐。她说："你去那边那个棚子里就能找到镰刀。"过去都是用这种镰刀割干草。她又说："墙上挂着一个皮套，里边有磨刀石。棚子里还有耙子和草叉，什么工具都有。吃饭时我会叫你。"

"好的。"杰克说。

他干惯了农活儿，熟悉得很。只有两到三英亩的地要割。姐妹俩还养了牛和鸡，所以她们会去村里卖鸡蛋什么的。杰克忙了整整一上午，为她们割了那么多草，就快要干完了。

老玛吉出来叫他："杰克，进屋吧！吃饭啦！"

杰克进屋坐下，打量坐在桌子前的珍妮。他这才第一次见到她。

玛吉说："啊，杰克，你还没见过我姐姐呢。这是我姐姐珍妮，她有点儿聋了，听不见你说话。她比我大两三岁，腿脚不太好。"

---

① 即杰克，杰克是约翰的昵称。

杰克说:"我得把草割完,不知道会不会下雨。还有——"

"小伙子,别担心。"玛吉说,"今晚你别回家了,这里有地方睡。我会给你在炉火旁边铺张舒服的床。你妈妈肯定知道你留在这儿了,不会担心的。"

"好吧。"杰克说。午饭后杰克又下地干了半天活儿。

他心想:那个姐姐有点儿奇怪。玛吉说她年龄比她大,但她看着年轻多了。而且我看到她的脚在桌子下动来动去,不像有什么问题。她也不用拐杖,桌子附近都没见着拐杖。这里头有什么不对劲,我想不明白。不管怎样我要记着妈妈的话。

他一直干到下午五点,老玛吉出来叫他进屋吃晚饭。已经九月了,这会儿囤干草其实已经有些晚了。夜晚降临,两位老妇人在炉火边给杰克铺了一张床,还往炉子里添了一大块炭,然后便上楼回自己的房间了。杰克很快睡着了。

杰克躺在床上,炉子里火烧得很小,炭烧成通红的一团,烧成通红的灰烬。忽然杰克听到楼梯上传来脚步声,两姐妹走下楼,来到炉火跟前。本该瘸腿的老珍妮说:"他睡着了,听不见的。"

杰克躺在被子里,从缝隙里偷偷观察。那个姐姐腿脚好得很!两姐妹走到炉子边,炉箅旁有口烤箱。她们拉开烤箱门,拿出两顶红色风帽(这是一种带有长流苏的羊毛帽子),一人戴上一顶,接着大喊一声"去伦敦!",一眨眼两人就不见了!

杰克从床上爬起来，提着一盏灯在屋子里四处寻找，姐妹俩无影无踪！他到牛棚里找了一圈，只有牛站在那儿吃草。他又到地里看了一圈，依然没有她们的身影！杰克找遍了每一个角落，牛棚、鸡舍、田野、井底，一无所获。她们就这样凭空消失了。

杰克回到房子里，生起炉火，泡了一杯茶。他不禁自言自语："现在我有点儿相信妈妈的话了。不然两个老妇人大半夜能去哪儿呢？"他看了看钟，她们离开时是十二点整，现在已经快夜里一点了，她们还没出现。他说："算了，我也弄不明白。妈妈也许知道。但我一定要看看会发生什么。不看个明白我就不回家。"

他往炉子里添了几块炭，回到床上等着。但他很快睡着了。他睡了好几个小时，直到听到门响。一个老妇人推门而入，另一个也跟着走了进来，走起路来和你我一样正常！每人手上还拿着一个皮袋子。她们把袋子放到桌上，发出叮当的声响。听上去里边装的应该是钱。

她们一个对另一个说："珍妮，这里一个归你，一个归我。跟之前那些放到一块儿去吧。"

"好咧！"老珍妮拎着两个袋子走上楼收了起来。

杰克一声不响地躺在那儿。另一个老姐妹走过来站在炉火旁，看他有没有动静。她放心地说："还在睡呢，看样子一直没醒，什么都不知道。"然后便转身上楼，关上门，屋子里恢复了安静。

杰克又睡了过去，不知睡了多久。他睁开眼时正听到老玛吉在叫他:"杰克,该起床了,都七点了,快起来吃饭!"

杰克答应道:"好,我这就起来。"他起床穿衣洗漱完,老玛吉给他端来一顿丰盛的早餐,有粥、牛奶和鸡蛋。

她说:"杰克,你今天早上好吗?昨晚睡得好吗?夜里有没有被什么东西打扰到?"

"什么都没打扰到我,"杰克说,"我整个晚上睡得像只羊羔。"

"那就好,"她说,"你肯定是干活儿累坏了。"

吃过早饭,杰克先去磨了磨镰刀,接着便去地里干活儿,他割啊割,割完了全部的草,全部堆在地上。

老玛吉走出来叫他:"杰克,进来吧,吃饭啦!"

杰克进屋吃饭,与她们聊了很久。她们问起他妈妈、他们的小农场等等。到了劳作的时间,杰克说:"我该接着干活儿啦。"

他走到地里,开始翻草。天气很好,阳光灿烂。他一直干到晚上才进屋吃饭。到了睡觉时间,两姐妹跟他道了晚安。杰克在炉火边铺好床躺下。他看了看时间,墙上的老挂钟指向十一点半。他睡着了。

但一到十二点,他又听到了脚步声。她们走了过来,一个对另一个问:"他睡着了吗?"

另一个说:"睡得死死的。他今天一定卖力干活儿了,我们要好好感谢他,给他一笔丰厚的报酬。"

杰克躺在那儿,每个字都听得清清楚楚。她们又走到炉子边，拉开烤箱门，取出两顶风帽戴上。"去伦敦！"接着便消失了！

与前一天晚上一模一样。杰克爬起来，把屋子翻了个底朝天。他走上楼，姐妹俩的卧室门锁着。杰克心想："我不能强行把门打开，不能让她们知道我偷偷来过。"他在房子里仔仔细细搜了一遍，找到一把钥匙。他用钥匙打开了门，走进房间四处打量。他发现床底藏着一个巨大的皮箱，拖出来一看，里面装满了小袋子，每个袋子里都是满满的金币！杰克想："这里的钱和斯凯岛上所有人的钱一样多！"他把箱子塞回到床底下，关门，上锁，把钥匙放回原处。然后走下楼，回到床上睡着了。她们回来他都没听到。

第二天一早，老玛吉走下楼来叫他起床，问他："杰克，你昨晚睡得好吗？"

"好得很，"杰克说，"我累坏了。我今天就能翻完草——"

"啊，但你还得帮我们堆起来，"她说，"不然这样放着会变潮。你得堆成干草垛，还得帮我们干点儿修篱笆之类的杂活儿。你可以在这儿待一个星期，我会付你一个星期的工钱。你妈妈肯定知道你留在这儿了，不会担心的。"

杰克心想："不管她们晚上去的是哪儿，我都要跟着去！"

玛吉又说："对了，我之前忘了说，这里有些我哥哥的旧衣服，刚好是你的尺寸。哥哥在你这么大时被杀了，这儿有不少他的东西，我和姐姐都用不上。我看看有什么你能用的，给你带回家。我哥哥被杀了。"

杰克问："你哥哥出了什么事？"

玛吉说："他在伦敦被人杀了。算了，别提这些了。"

杰克去地里干了半天活儿，回来吃了午饭。他又干了一下午，回来吃了晚饭。然后便上床睡觉了。

十二点他听到楼梯上传来脚步声。他心想："不管她们今晚去哪儿，我都要跟着去！"

老珍妮对玛吉说："他睡着了，一动不动。"她们走到炉子边，拉开烤箱门，戴上风帽——"去伦敦！"

杰克从床上跳起来，冲向炉子，拉开烤箱，里边还有一顶红风帽。他赶紧拿出来往头上一戴，大喊："去伦敦！去伦敦！"

他腾空而起，头上是风帽，前面是两姐妹，在空中穿行一百多英里，抵达伦敦上空。她们盘旋了一阵，然后下降，正好穿过一扇窗户！杰克不知道该怎么停下来，要念咒语才能慢慢降落，但他哪儿知道。他直接掉了下来，晕了过去。等他醒来时，发现自己在哪儿呢？他躺在皇家铸币厂的地下室里，身边全是一袋袋的金币！他的风帽不见了，两姐妹也不见踪影。原来她们每天晚上是上这儿来偷钱了。两个女巫！

杰克到处察看了一番，发现大门紧闭，他出不去了。第二天早晨，铸币厂的守卫发现他坐在里面。两姐妹的哥哥就是这么出事的。杰克现在的处境可不妙，他根本不知该怎么办。

守卫问他怎么进来的。他没法解释，只好说他也不知道怎么进来的。那会儿在铸币厂行窃会被判处死刑。犯人会在大庭广众之下被绞死。杰克被守卫带走，送上法庭，因盗窃皇家铸币厂被判死刑。铸币厂丢过很多袋金币，现在都算到了杰克头上。

他在监狱里待了三天，然后便是行刑的日子。他被带出来，走上十三级台阶，站在绞刑架前，脖子套上了绳索。临刑前，牧师走上前来。

他对杰克说："约翰，你因在皇家铸币厂盗窃而被判死刑。你有什么遗言吗？"谁知那位老妇忽然跑了上来。

她对行刑人说："我有话要说！"然后她把那顶风帽套在杰克头上，喊了一句"去斯凯岛！"，话音刚落两人就飞走了！

杰克再次醒来时，发现自己躺在两姐妹家的炉火旁。老玛吉正冲他喊："杰克，起床啦！该干活儿啦！"

杰克为姐妹俩干了一周活儿，像是什么都没发生过。他心想：我肯定是做了一个噩梦——那些事都没发生过。除非妈妈是对的……那到底是做梦还是真事？不管了，我要找她们问个清楚！一周过去，他问两姐妹："这段时间我离开过这儿吗？"

老玛吉回答："没啊，杰克，你哪儿也没去。你干得很好。你是我们雇过的人里干得最好的！"

杰克说："但我从没离开过这儿吗，晚上什么的？没发生过什么怪事吗？"

她说:"没啊!你一直睡得像只羊羔。你哪儿也没去。每天早上我下楼来叫你吃早饭时你都睡得好好的,一动也没动过。你来了以后就从没出去过,整整一星期。"

杰克说:"好吧,这就怪了,我肯定是做了个梦。我梦见……"他讲了整个故事,他掉在铸币厂里,被抓住判了死刑。他说:"然后,你出现了。"

"啊,杰克,"她说,"那是你做的梦!我可怜的哥哥也做过这个梦。但那是我们最后一次见到他。"

说完老玛吉便转身去给杰克准备早餐了。杰克拉开烤箱门,里边的确躺着三顶红风帽。他说:"我不是在做梦。"他关上门。

老玛吉又走了进来,杰克对她说:"活儿都干完了,我该回家看妈妈了。"

她说:"杰克,我姐姐给你找了些我哥哥留下的衣服。我觉得你应该能穿,你跟他身材差不多。你等着,我这就去拿,还有你的工钱!"

她们给他拿了一大堆衣服,然后上楼去拿钱。老玛吉拎着两个皮口袋走了下来。她说:"杰克,这是你的工钱,应该能让你和妈妈过得舒舒服服了。"

杰克就这样回了家,从此跟妈妈过着幸福的生活。这个小故事讲完啦!

生于魔鬼之锅

(威尔士)

我叫塔利辛,是个诗人。因此我深知语言的力量,音与音的叠加,词与词的排列,指向唯一的真理……

从前,在这一切之前,我有过另一个名字。我那时叫格威恩,是魔鬼的仆人。什么脏活儿和坏事我都干过,不管是为她的弱智儿子阿瓦格迪收拾残局,还是搅拌悬在火上的那口大黑锅——她总在里边煮祸害人类的新毒药。我曾相信,世间所有的恶都诞生于那口锅。如今我知道它冰冷的边缘里藏着真理,这真理叫人难以直视,也不一定为人接受。但它本身并无善恶之分,它就在那里,不含感情,如此平静,像透明的玻璃,又像白树之间静静的池水……

一天魔鬼走进棚屋,她在那里养着几只骨瘦如柴的小猪,放着一口大锅和我。她给了我几巴掌,命令我生火,架起大锅。她急着开工。"年轻人,一秒也不要耽误,不然看我怎么报答你!"

这类好心劝诫我听过太多，知道耽误不起。我费了好大力气把那口巨大的黑锅架到三脚支架上，照她的吩咐点起火，往锅里装满水。然后躲到一角，等她有需要再叫我。

魔鬼花了五天时间收集新药水需要的原料，她不在时便由我照看这口锅，让它在小火上慢慢熬煮。九天后，锅里熬出了一种恶臭、黏稠的液体。魔鬼又把锅托付给我，严厉地叮嘱我不要让液体煮沸溢出来，也不要做任何多余的事。"千万不要碰，不然你会后悔的！"她这么说。真不知道她为什么觉得我会想碰那玩意儿。

我当然不会违背她的指令。我见过她发火，知道她那双白皙的手能把人折磨成什么样——很难想象一个人能够如此残暴，尤其这样一个一头黑发、皮肤白皙的美丽女子……我一定是不小心添多了柴，锅里很快开始冒泡，我想加点儿水抑制一下，可就在我靠近那口锅时，几个气泡炸开，三滴液体溅到了我手上。

我被烫得叫出声来，急忙用嘴去吸。忽然之间天旋地转，我掉进了一个有轰鸣声的黑暗之地，那里的声音与知觉都太过强烈，让人无法忍受，曾经的我——格威恩——从此再也没回来。我在那里洞悉了一切，原来锅中液体是魔鬼为她的蠢儿子准备的启蒙之泉；咽下那苦涩的黑色液体后，我尝遍了世间所有的疾病与愚蠢，也看清了人类那中毒已深的灵魂。然而我也看到了一线曙光，一个人的到来将从此改变这个世界——对，直至它的尽头——尽管这一点我要到很久以后才知晓。

我感到疼痛、畏惧与恐怖。强烈的畏惧如一阵寒雾包围着我：混沌、无形、难以名状，但就像出生与死亡时的疼痛一样真实。剧烈的疼痛将我拽进无边的黑暗，意义彻底颠覆，格威恩不复存在。终结一切生命、希望与信念的黑暗，空虚以及恐怖穿透我的身体。

这之后是光明。这光如此夺目，几乎要将人刺瞎。我措手不及，本能地挪开目光，只能审视反射到眼中的光芒——那时的我只能承受一半的光明与真理。

众多面孔从光中向我游来。有的微笑，有的皱眉。我一个也不认识。我看到痛苦的男人、改头换面的男人、哭泣与嘲弄生活的男人。我看到超凡脱俗的女人，美得令我的灵魂颤抖，不敢直视。

然后我听到各种声音。召唤、尖叫、呼喊。战斗与爱的声音、生与死的声音、痛苦与喜悦的声音、欢乐与恐惧的声音。我闭上被光灼伤的双眼，试图屏蔽这些声音，但完全是徒劳。我发现只有直面这一切，才能承受这一切。我索性让那些声音、光芒与感受填满我——我对这一切事物的理解抵达了一个新的维度，几乎令我难以承受。

忽然一切都静止了，但只维持了片刻。一眨眼的工夫，我拥有了所有的知识与理解。我进入了拥有无限可能的国度。我预见到魔鬼已经知道我的所作所为，因为我已经知晓了她的一部分知识与生活。

她正朝我追来。

我逃向永恒的空间——山川与森林仿佛失去了实质，我从中蹚过。但我一直能感受到魔鬼如影随形，紧追不舍。

我换上兔脚与长耳，变成一只野兔，希望它的速度能帮我逃跑。但她变成一只龇牙咧嘴的猎犬，跑得与我一样快。于是我装上脚掌与尾巴，变成一只水獭，扑进水中全速游泳，惊起小鱼无数。但变成猎犬的魔鬼嗅到了我的气味，我只好又变出羽翼，展翅飞翔。她还是追了上来，变成一只鹰啄我长满羽毛的后背。最后为了逃避她的追捕，我变成了一堆谷壳中的一颗麦粒。新增的智慧让我预见到未来：她将会变成一只母鸡，把我吞下肚。接着她变回了原形，而我躺在她黑暗潮湿的子宫里。我在这片黑暗中沉入梦乡。

一团阴云后涌出光亮，指引我来到一片荒凉之地，那里寸草不生，树木枯萎，地面干燥开裂。然后，一条藤蔓伸向这片荒原，绿芽从死去的土地钻出，铺成一片绿色的网……

一个男人走下螺旋楼梯，一点点远离光明与白昼的世界。他手中灯笼闪烁的火光照亮了布满真菌的高墙。井底是一间污秽的房间，一个死气沉沉、面目可憎、身形猥琐的盲人老妇蹲在里边，要求男人亲吻她皮开肉绽的脸与脓疮，然后像蜘蛛一样吸取他的生命……

大地如伟大的子宫，孕育了所有这些画面，还远不止这些。我如同黑暗中的盲人，爬过她身躯内温暖庞大的通道，我的手碰到了什么在我下面移动的东西……

突然之间，黑暗不复存在，我像是再一次失明。在尚未适应时，光明与黑暗并无分别。但一双温暖的、充满生命力的手将我高高举起，像翅膀（或花瓣）紧紧包裹着我。然后我脑海中响起一个温暖的声音，不是男性的也不是女性的，说出的每个词都变成一幅画面。这种创造的痛苦混合着黑暗与光明，唤起温柔与纯净的感受。

世间的一切搅在一起旋转。还有更多，更多，源源不断——不同却相通，男人与女人一样，死亡与出生一体。伟大的结合。生命的诞生。当我从魔鬼的子宫呱呱坠地，我获得了重生。

我在半山腰醒来，瑟瑟发抖，发麻的手指依然紧攥命运之杯，旋转的迷宫在我的注视下终于停下来……

启蒙之人之所以紧闭双唇，不是因为在神秘之门前许下承诺,而是因为这一切。我,塔利辛,曾经的格威恩,如今已重生。我生于魔鬼之锅,无所畏惧,我尝过万物之源,无所不知。

女巫的安息日
（挪威）

从前，多夫勒的农场里有一个女人，她是一个女巫。一个圣诞夜，她的女仆正忙着清洗酿酒桶，与此同时女人戴上一只角，给扫帚涂了点儿油，忽地一下从烟囱飞了出去。女仆心想这把戏可真不得了。她学着拿了点儿油抹在酿酒桶上，然后也忽地一下飞了出去，一直飞到蓝山丘才停下。她在那儿遇到了一群女巫和魔鬼本人。魔鬼在对她们说教，说教完开始检查人有没有到齐。这时他注意到了那个坐在酿酒桶上的女孩。他不认识她，因为他的名册上没有她的名字。魔鬼便问带她来的女巫她愿不愿意登记在册。那女巫说她应当会愿意。于是魔鬼把名册递给女孩，想让她把名字写上去，可女孩却在名册上写下了小学生试笔时常写的那句话："以耶稣之名，我是上帝的孩子。"结果魔鬼再也不能碰这本名册了，名册只好归女孩保管。

你大概也能想到，山上顿时炸开了锅！女巫们使劲儿拍打坐骑,四处逃窜。女孩也没耽搁,赶紧拍了拍酿酒桶,跟在她们身后。路过一座高山时,她们降落到地上休息了一会儿。山下是一个开阔的山谷,里面有一片大湖,对面是另一座高山。女巫们骑上坐骑,朝那座山飞去。女孩不知道自己能否飞那么高。最后她下定决心拍了拍酿酒桶,朝湖的另一边飞了过去,安然无恙。

她兴奋得大叫:"对酿酒桶来说,这可真是魔鬼般的一跃!"话刚出口她手里的名册就消失了。她开始往下掉,再也飞不起来了。因为她喊了魔鬼的名字,尽管她的名字并不在魔鬼的名册上。没了坐骑,她只能走完剩下的路,踏过雪地,长路漫漫。

桦木扫帚

（苏格兰）

从前有次我在爱尔兰时，驾马车来到莱特肯尼城边的一条小街上，在那里住了几个晚上。一天我正在做饭，一个上了年纪的男人路过，跟我打招呼："嘿，你好吗？这火看着真暖和。"

我说："我挺好。你要不进来坐会儿。"

我给他泡了一杯茶，问他："你住这儿吗？"

他回答说："是啊，我就住在镇那头。我是个铁匠，有间铁匠铺。"

我说："是嘛。"

他接着说："说起那间铁匠铺，来历可不一般。"

我问："什么意思？"

他说："我像你这么年轻的时候，有天路过一间铁匠铺，听见铁匠在打铁。我走过去跟他打招呼，他抬头说：'你好啊。'我问他：'你需要帮手吗？'

"他问：'你是铁匠吗？'

"我说：'是啊，我在一间铁匠铺干过两年。'

"他说：'好呀，我正好需要人手。但我这里活儿不多，只有一些马掌和一两把犁要做。'

"我说：'我不需要多少钱，我只想找个地方住，我没地儿可去。'

"他说：'我在隔壁有间很小的屋子，你可以住那儿。我每周可以付你十先令。你看如何？'

"我说：'没问题。'"

时光飞逝。这年轻小伙是个好铁匠。一天夜里，老铁匠发出一阵呻吟。小伙子走进去一看，老铁匠仰面躺在沙发上，对他说："帕迪，我是不是出了什么问题？我喘不上气了。"

小伙子问："白天你还好着呢，能出啥问题？"

他说："我年纪不小了。要是我走了，铁匠铺就归你吧。"

小伙子说："唉，别胡说！"

但老铁匠状况越来越糟。小伙子找来了医生，医生看了摇了摇头，说："他得了支气管炎，病得太厉害了，现在每根气管都堵住了，我救不了他。我们只能让他舒服点儿，但救不了他了。"

过了几天他去世了，小伙子安葬了他，继承了铁匠铺，每天有一堆事要忙活。

老人告诉我接下来发生的事。

"一模一样的事情发生在了我身上。有天我在铁匠铺干到十一点，一个小伙子走进来问我：'这儿有活儿

要干吗？钉马掌之类的。'

"我说：'没有。'

"他说：'我在找工作。我是个孤儿，没地儿可去。'

"我同意每周付他十先令，让他住在隔壁，跟老铁匠待我一样。

"他说：'一言为定。'说完就脱了外套。

"我跟他说：'你可以明天再开始干活儿。'他说：'不，不，我今天就开始。'

"他是我见过的最好的铁匠，什么活儿都能干。我们都叫他米克。我们一块儿干了五年左右。我也开始老了。一天我告诉他，我要去一趟贝尔法斯特。

"他问：'你去那儿做什么？'

"'这话我只告诉你，我要去找个老婆。我现在身体不行了，要找个人给我做一日三餐。'"

所以第二天，他去了贝尔法斯特。他去了舞会、酒吧和其他一切热闹场所。旅馆老板娘问他："帕迪，你从哪儿来？"

他回答说："莱特肯尼。"

她说："啊，莱特肯尼，那你在这儿干什么呢？你都待了三四天了。"

他说："实话告诉你，我想在这儿找个老婆。"

她说："啊，这儿有不少姑娘。你坐在这儿等几个小时，我就能给你找到一个。"

于是他就坐在那儿等了好一会儿，然后这个姑娘走了进来。她说话慢条斯理，听他说话的时候也很耐心。老板娘问他："这个姑娘怎么样？"

他说："你开什么玩笑，这个姑娘怎么会嫁给我！她才二十出头。"

老板娘说："她不会介意。她是个无家可归的孤儿。"

他说："那她跟我一样。"

老板娘于是叫来了那个姑娘，两人一拍即合，姑娘跟着他回到莱特肯尼。米克一直在铁匠铺干活儿，一见到帕迪他就问："怎么样，你交上好运了吗？"

他说："交上了，我找到了这个漂亮姑娘，但我们还没结婚。"

米克过来见了那位姑娘。他说："天哪，她太漂亮了，要是人也好那就完美无缺了。据说漂亮姑娘都是坏女人。"

帕迪说："要是她人不好我就把她赶出去。"第二天两人就结了婚。

时光飞逝，那个姑娘是个好女人，擅长烘焙，还烧得一手好菜。但一天晚上，她进了城，回来时一身湿透了，水滴到处都是。帕迪说："天啊，你这是干啥去了？你没带伞也没穿雨衣吗？"

她说："唉，我忘了。我出门时天还好着。"第二天晚上她说："帕迪，我好像生病了。"半夜她情况更糟了。帕迪找来了医生，医生看了看说："我的天，她得上肺炎了。你们家里有药膏吗？"那会儿大家只有燕麦药膏，他们一晚上都在弄药膏，但姑娘第二天一早还是死了。

帕迪告诉米克："她死了。"

米克说："天啊。"

"事情就是这样，"他说，"都怪她没穿外套也没戴披肩就出门。"

他们为她守了三天夜，然后举行了葬礼。

回家路上，帕迪坐在马车上说："葬礼糟透了。"

米克说："我觉得挺好。"

帕迪昏昏欲睡，忽然米克勒住了马，叫道："帕迪。"

帕迪抬起头，问："怎么了？"

米克说："你看那边是什么？我要是没看错的话，可是奇了怪了！"

他们坐在那儿，看见一个人朝他们走过来。那人正是他的妻子！他们刚刚埋了她！帕迪叫出声来："天啊，不可能是她！"

米克说："可这就是她！"

姑娘开口说道："你们在这儿干什么呢？还不快回家烧壶水。"她手上挎着一个竹篮，里边装满了信。他们一块儿回了家，烧了一壶水。帕迪忍不住捏了捏她的肩膀和胳膊。她问："你干吗呢？"

他说："没什么。"

米克把他拉到一边，说："我们现在最好去找神父。"于是他们告诉了神父。神父说："这不可能。我们今天刚安葬了她。她不可能出现在家里。"

帕迪说："你来亲眼看看吧。"于是他们三人一块儿回到帕迪的房子跟前，让神父走了进去。神父说：

"你好啊。"

她说:"神父,你好啊。"

他问:"你好吗?"

她答:"好得很!"

神父走了出来,对帕迪和米克说:"等明天早上我们把棺材挖出来看看。"

第二天一早,他们去了墓地。他们挖啊挖,挖出来了什么?一根桦木扫帚!啊,一根桦木扫帚。那个姑娘后来又活了十二年。

扫帚很忙

（海地）

阿尔塞·奥卓拿着一把扫帚在扫地。博基在一旁看着。扫帚底部的细枝断了好多，掉了一地。博基说："你把扫帚渣子掉了一地，用这扫帚越扫越脏！"

"岛上人人都用这种扫帚扫地，"奥卓一脸严肃地说，"这是岛上的传统，你也知道，这是我们这儿土生土长的扫帚。"

博基不是来找她闲聊的。他们约好了一块儿去找算命女人老布基内兹。他们之前找她算过命，现在要去告诉她结果。从来没人这么做过，可她难道不想知道自己算得准不准吗？他们到了她住的小屋子，跟她说："我们来告诉你你以前算命的结果。"

博基说："我叫博基，你记得我吗？"她点点头。博基又说："你预言我会变得富有又快乐，你记得吗？"她又点点头，说："嗯，我希望会是这样。"博基说："夫人，我必须实话告诉你，这么多年我一直很穷。我经常梦见云穿过我的心脏,变成了面包,像真的一样。早晨起来后,我搬出板条箱坐在门口,试图为我不用给那条面包买黄油而感到高兴。"

他问布基内兹:"你觉得事情为什么会这样?"

她不置可否地摇了摇头。奥卓也开口了:"我叫阿尔塞·奥卓,你记得我吗?"布基内兹点了点头。奥卓接着说:"你预言我的音乐会治愈世人!"布基内兹又点点头。"夫人,我必须告诉你,这么多年过去了,我的笛子都吹不出声音了。而我创造出的唯一治愈他人的声音,是让我的山羊像敲木琴那样在木甲板上踏来踏去。这只山羊也很滑稽,它长出了一只水管似的长角,但从不出水,而另一只角却是短的!你能告诉我它为什么会变成这样吗?"

整个上午,布基内兹都在门廊上听他们讲她的预言。她记起了多年前的样子。而他们不断问对方:"为什么会这样?"最后两人不断点头,一旁的山羊困惑地看着他们。奥卓边说话边拿起扫帚开始打扫布基内兹的门廊,又掉下不少细枝。一阵风吹过,布基内兹闭上双眼,聆听细枝在门廊上翻滚的声音。她知道一会儿博基和奥卓就要离开,她会继续坐在这把椅子上,用脚趾捡起那些细枝。

长角的女人

（爱尔兰）

从前有个相当富有的女人。一天夜里，她的家人和仆人都睡了，她还在梳理羊毛。突然传来一阵敲门声，一个声音在喊："开门！开门！"

女人坐在屋子里问："是谁？"

那个声音说："我是独角女巫。"

女人心想是不是哪个邻居需要帮忙，开了门。一个女人走了进来，手里拿着一对羊毛梳，额头上有一只角，像是长在那儿的。她一言不发，走到炉火边坐下，开始拼命地梳理羊毛。过了一会儿她忽然停下来，大声嚷嚷："那些女人上哪儿去了。她们迟到太久了。"

话音刚落，又传来一阵敲门声，跟刚才一样喊："开门！开门！"

女人只好又站起来去开门。又一个女巫走了进来，额头上长着两只角，手上拿着一个纺羊毛用的纺轮。

她说："我是双角女巫，给我让个地方。"说着把纺轮转得飞快。

一阵又一阵敲门声响起，女人一次又一次应门，最后炉火边一共坐了十二个女巫——第一个头上长着一只角，最后一个头上长着十二只角。她们梳理羊毛，纺纱，唱起古老的歌谣，一点儿也没搭理女主人。女人被这十二个长相可怕的女人吓坏了，她想站起来去叫人帮忙，却发现自己动弹不得，也发不出声，原来女巫给她施了咒。

一个女人忽然开口了，用爱尔兰语对她说："起来，女人，给我们烤个蛋糕。"

女人想找个容器去井里打水，这样才能和面做蛋糕，但她怎么也找不到。女巫对她说："拿那个筛子去打水吧。"

她拿着筛子去井里打水，但水直往下漏。她坐在井边哭了。忽然传来一个声音："用黄土和苔藓堵住筛子就能打水了。"

她照做了，筛子果然打上水了。那个声音又说："回去吧，走到屋子北角，大喊三声'芬尼亚女人之山着火了，火烧到天上去了！'。"

她照做了。

屋子里的女巫听到喊声后发出一阵惨叫，哭着冲了出去，飞向斯利夫纳曼山，她们的头领就住在那儿。井中精灵告诉了女人回家后该做些什么，以防女巫再回来。

首先，为了破除女巫的咒语，她把孩子的洗脚水洒在门外。接着，她把女巫们趁她不在做的蛋糕敲碎，这蛋糕里混了她家人的血。她往每个沉睡的家人嘴里塞了一小块，他们吃下立刻醒了过来。然后她又拿起女巫织的布，把一半放到带挂锁的箱子里，一半露在外边。最后，她把一根大木条横在门上，这样她们就进不来了。做完这些后她就坐在那儿等着。

不一会儿女巫就回来了。她们怒气冲天，嚷嚷着要报仇。

"开门！开门！"她们尖叫着，"洗脚水，让我们进去！"

洗脚水说："不行，我已经被洒在地上了，我必须流向湖泊。"

"开门，开门，你这木头门！"她们又喊。

门说："不行，我被木条卡住了，一动也动不得。"

"开门！开门！我们用血做的蛋糕！"她们又喊。

蛋糕说："不行，我已经被敲碎了，我的血到了那些睡着的孩子们嘴里。"

女巫哭喊着飞走了，回到斯利夫纳曼山，发誓要对井中精灵报仇。但女人和她的家安然无恙。女巫们落下的一件斗篷被女主人挂到墙上留念，此后这件斗篷在这个家族流传了五百年。

拉根夫人

（苏格兰）

这天天气很好，拉齐决定去刘易斯岛猎鹿。那儿有很多野鹿。他带上一群年轻小伙儿便出发了，他们都是他的追随者。一路上阳光灿烂，打猎也进行得十分顺利。他们运气从没这么好过。一直到日落他们才休息，在森林小屋里庆祝了一番，吃着烤鹿肉，喝着威士忌，弹琴唱歌讲故事，直到深夜才睡。这天晚上起风了，第二天起床一看，外面天气阴沉，狂风大作。拉齐急着回家，连忙吩咐手下备船。手下都担心这种天气出海会有危险，无奈拉齐就爱刺激。他领着一行人走到码头，见他们还在担心，便开了一小桶威士忌鼓舞士气。士气高涨起来，但还是有人犹豫。他们正争论时，一个丑老太婆蹒跚着走了过来，拉齐问起她的意见。她说："哎呀，我在这儿住了八十年。今天这点儿风浪压根不算什么，我父亲、我丈夫和我年轻的儿子都在天气比这糟得多的时候出过海，划船就跟玩儿似的，从没出过事。但现在没人懂航海了，一点儿小风就吓得发抖。我早就听说拉齐和他的手下是苏格兰最著名的胆小鬼，现在亲眼一见果然如此。"

听了这番嘲笑，再谨慎的小伙子也铁了心要出发。他们上了船，升起帆，风把他们卷到海中央。风暴越来越猛烈，电闪雷鸣，暴雨如注，海岸线越来越远。大家的心都提到了嗓子眼儿，但勇敢的拉齐镇定地掌着舵，船稳稳前行，不久斯凯岛上的艾尔德角出现在前方。就在他们看到一线希望之时，一只黑猫忽然冒了出来，开始往桅杆上爬。紧跟着冒出另一只，一只接一只，不一会儿桅杆的背风面上爬满了猫，黑压压一片。压轴出场的是一只巨大的怪猫，开始往主桅上爬。拉齐叫手下去杀了它。但就在他们靠近之时，黑猫一晃，船瞬间倾覆，所有人都消失在咆哮的海浪中。

同一天，拉齐最好的朋友正坐在巴德诺赫附近的森林小屋里。他擅长打猎，大家都叫他山中猎人，跟拉齐一样，他也是女巫们的眼中钉。外边狂风呼号，两只猎狗躺在炉火旁，他的猎枪靠在屋子一角。他坐在椅子上打盹，忽然门开了一条缝，一只浑身湿透的猫钻了进来，看着可怜兮兮的。两只狗一下子跳了起来，颈毛直立，准备扑过去。就在这时猫开口说话了："伟大的山中猎人，求您保护我。我知道您讨厌我这类生物，但可怜可怜我这个不幸的异类吧，姐妹们要杀我，我只好逃到这儿来。"

猎人心软了。他听出来她是女巫，但他不忍心杀死如此落魄的敌人。他令狗退下，让她到壁炉前烤烤火。但她浑身颤抖，不敢往前走。她说："那两只狗还龇着牙呢，我怕它们会把我撕成碎片。我这儿有一根长头发，你能不能把它系到狗的脖子上，再把它俩绑到一块儿。"猎人起了疑心。他接过这根可疑的头发，假装绑到狗身上，但实际上绑在了橡子上。猫走了进来，在壁炉边躺下。猎人注意到猫的身子越变越大。

猎人笑着说："可怕的野兽，你越来越大了。"

猫也咯咯地笑："啊，啊，我的毛烤干了，变蓬松了。"

猎人没再说话，眼看着那只猫越变越大，砰的一下，拉根夫人出现在他眼前。

她说："山中猎人，和你算账的时候到了。你和麦吉利查伦的拉齐是我们女巫最大的威胁。我们已经干掉了拉齐。他现在冷冰冰地躺在海底。现在轮到你了。"说完她的身子变得更大，模样也更可怕了，她像魔鬼一样朝猎人扑来。两只狗嗖地冲上来保护主人，直扑向女巫的胸脯。女巫颤抖着大喊："头发，快绑紧！绑紧！"她以为那根头发绑在狗身上。那根头发听令把橡子勒得紧紧的，最后橡子像根火柴似的折断了。但两只狗仍紧咬着女巫不放，她拖着它们来到了屋外，把它们嘴里的牙一颗颗拔光，才终于逃生，变成一只乌鸦哀号着飞走了。两只狗爬回主人身边，猎人摸着它们的背，夸奖它们，它们舔了舔主人的手，去世了。猎人哭着埋葬了它们，像失去了孩子一样悲伤。他回到家里，发现妻子出门了，等了好一会儿她才回来。他问："亲爱的,你上哪儿去了?"妻子说:"说来伤心,我去看拉根夫人了,她突然生了重病,恐怕过不了今晚。所有邻居都去看她了。"猎人问:"真是坏消息。这位好女人得了什么病?""她去苔原上挖泥煤时遇上暴风雨,淋了个透湿,肚子疼得不得了。"猎人说:"我觉得我应当去看看她。我们快快吃完饭就去吧。"

他们到她家时,所有邻居都悲伤地围在她床前,她在人们心中一直是值得尊敬的好邻居和好女人。猎人钻过人群,掀起毯子,只见她胸口和胳膊上留着清清楚楚的牙印,正是他的狗留下的。他说:"这人是邪恶的女巫!今天她不仅害死了麦吉利查伦的拉齐,还差点儿杀了我。"他告诉了大家这天发生的事。所有人都感到难以置信,但她身上的牙印是没法反驳的证据。他们决定不等审判,立刻把她拖出去杀死,但她恳请他们手下留情,因为更大的折磨在等着她——诱骗她走上邪路的魔鬼,此刻正在嘲笑她的痛苦。她说:"记住我的话,千万不要与魔鬼有往来。"她讲述了自己成为魔鬼的学徒的经过,以及干的所有坏事,包括拉齐的死和猎人的遭遇。说完她便死了。

那天晚上,有个邻居从斯特拉斯德恩回来,穿过巴德诺赫的莫纳雷亚森林时,他看到一个黑衣女子飞快地跑过来,问他去达拉罗斯要多久,又问她能不能在午夜之前到达。他告诉女子以这个速度应该没问题。听罢她飞快地走了,边跑边呜呜地哭。走了一段他看到一条大黑狗边走边闻,像在追踪什么,没过多久他又看到另一条。接着他又遇到一个高大强壮、身骑黑色骏马的黑骑士。那骑士问他有没有看到一个女人往那边跑了,他如实回答。黑骑士又问:"那是不是有两条黑狗跟着她?"他说:"对,两条大狗。""你觉得狗能在她到达拉罗斯之前追上她吗?""我看很难,她跑得飞快。"听罢黑骑士便快马加鞭走了。这位邻居也急忙往家跑,这个地方和这些人实在太奇怪了。但他没走出多远就看到黑骑士掉头回来了,马鞍旁挂着那个女人,女人的胸口和大腿上各挂着一条狗。他忍不住问黑骑士:"你在哪儿抓到她的?""在她到达拉罗斯的教堂墓地之前。"黑骑士说着飞奔离去。

邻居回家后听说了拉根夫人的故事,这才明白过来,原来那个黑衣女子是女巫的灵魂,为了摆脱魔鬼想逃去达拉罗斯的教堂墓地。那是一个非常神圣的地方,任何女巫,无论生死,只要去那里,就能解除与撒旦的契约。

芭芭雅嘎

（俄罗斯）

从前有个农民，他与妻子生了个女儿。妻子去世后，他娶了另一个女人，又生了一个女儿。这个女人不喜欢继女，可怜的女孩备受欺凌。农民思来想去，终于把大女儿带进了森林。他走到一间长着鸡爪的小屋跟前，说："小屋，小屋，背对森林朝向我！"小屋转过身来。农民走了进去，芭芭雅嘎就住在里面。她的头朝前伸着，右脚站在房间一角，左脚在房间另一头。她说："我闻到俄国人的味儿了！"农民朝她鞠了一躬，说："芭芭雅嘎，我给你送来了我的女儿，她可以当你的仆人。"芭芭雅嘎对女孩说："好啊，好啊，好好伺候我！我会好好奖励你的。"农民跟女儿道过别就离开了。

芭芭雅嘎交代女孩纺纱、生火、做饭，说完便出门了。女孩在灶台边不小心摔了一跤，疼得哭了起来。一群老鼠跑了出来，叽叽喳喳地问："小姑娘，小姑娘，你为什么哭？好心分我们一些粥吧，我们会报答你的。"女孩给了它们一些粥。老鼠高兴地说："从每个纺锤上扯一根线出来，交给我们吧。"芭芭雅嘎回来后问："活儿你都干完了吗？"女孩回答是。芭芭雅嘎说："现在来给我洗澡！"洗完她夸了女孩，给了她几条漂亮裙子。

芭芭雅嘎又出门了，给女孩留了一堆更重的任务。女孩哭了。老鼠又跑了出来，问她："可爱的小姑娘，你为什么哭呀？好心分我们一些粥吧，我们会报答你的。"女孩给了它们粥，它们又帮女孩想了办法。芭芭雅嘎回来后又夸了女孩，给了她几条更漂亮的裙子。

一天，继母让农民来看看女孩是不是还活着。他走进林子，找到长着鸡爪的小屋，发现女儿容光焕发。芭芭雅嘎出门了，他决心将女孩领回家。快到家门口时，家里的狗直叫："汪汪汪！鞠躬！来了一位贵族小姐！来了一位贵族小姐！"继母听到后跑出来给了狗一棒子："胡说！你应该叫，来了一把破骨头！"但狗还在叫，农民和女孩走到了门口。继母大吃一惊，让农民把她的亲女儿送到芭芭雅嘎那儿去。农民照做了。

芭芭雅嘎给女孩布置完一堆任务就出了门。她又急又气，哭了出来。老鼠们跑了出来，问："小姑娘，小姑娘，你为什么哭？"但她没让它们把话说完就给了它们一棍子，呵斥它们滚远点儿。芭芭雅嘎回来时，她自然没干完活儿。芭芭雅嘎很生气。第二天还是一样的状况。芭芭雅嘎把她撕成了碎片，骨头扔到了一个篮子里。

继母又让农民去看女儿。他只找到一篮骨头。快到家门口时狗在门廊上叫:"汪汪汪!鞠躬!来了一把破骨头!"继母跑出来又给了狗一下,说道:"胡说!你应该叫,来了一位贵族小姐!"农民走到门口,继母号啕大哭。

故事给你讲完了,给我一块黄油吧。

Part
07

饥饿的女巫：
食人者与吸血鬼

维克拉姆与荼吉尼

(印度)

从前有位国王叫维克拉姆。他不是你的国王,也不是我的国王,但他是一位著名的国王。那是很久很久以前了,每个人都知道他,你肯定听过他的故事,至少听过他的名字。有次一位僧侣去朝圣之前,把妻子托付给他,可这期间女人不幸去世了。僧侣回来后,维克拉姆说:"照看好她的身体,我去寻找治愈死亡的药。"

维克拉姆穿过森林、荒野、河流、沙漠,寻觅起死回生的方法。他在一片荒芜之地遇到一个老太婆,她走过来,伸出胳膊一把搂住他,边哭边喊:"啊,我的儿子,我的儿子呀,我想你想得好苦。我还以为再也见不到你了。"

维克拉姆好心告诉她:"我不是你的儿子。"

老太婆问:"你不是为某个拉者①干活儿的吗?"维克拉姆说不是,他说他在寻找起死回生的方法。

老太婆说:"阎魔王②带走的人是回不来的。不要想了。你和我的儿子长得一模一样。你去替他给拉者干活儿吧。他就在那个方向,你去替他,让他回到我身边来吧。以迦梨③的名义,她会报答你的。"她站在那儿摇头晃脑,喋喋不休。

维克拉姆想说他自己也有要事在身,但他见老太婆实在可怜,答应了她的要求。

维克拉姆又走了十一个月,还是没能找到起死回生的方法,但他找到了老太婆的儿子。那个年轻人的确跟他长得一模一样,工作是每天早晨为国王搬运发给子民的金子。这像是一份体面的工作,于是维克拉姆对他说:"我来替你吧,你母亲太老了,想要你在身边。"

年轻人欣然答应。维克拉姆就这样开始给国王干活儿。他注意到国王面色苍白,看上去疲惫不堪。每次发完金子就蹒跚地走进附近一间神庙,陷入沉睡,比起正常的睡眠更像是昏迷状态。维克拉姆心地善良,出于担心,他开始留意国王的一举一动。

一天晚上,国王从床上爬了起来,在圣池中清洗身子,像是为祈祷仪式做准备。接着他出了门,一直

---

① 印度对于国王或地方领袖的尊称。
② 印度神话中的死神。
③ 印度教女神。

走到快出城的地方。那儿有座火葬场，火葬场的那头，丛林与白色的迦梨神庙在黑暗中闪闪发光。火葬场边缘一棵树上吊着一具尸体，尸体上挂着一个人影。看着国王朝那个黑乎乎的身影走过去，维克拉姆人生中第一次感到害怕。那是一个多么可怕的女人啊。她像母亲怀中的婴儿一般吮吸着那具尸体，边吸边发出贪婪的啜啜声，夹杂着愉悦的呻吟。没什么奇怪的，就像婴儿要喝母乳，她，荼吉尼，要喝年轻尸体上的血。她还不是普通的荼吉尼，而是令人闻风丧胆的迦梨女神的侍女。但维克拉姆不知道这点。国王快步走向那个女巫，打断了她的盛宴。当那个可怕的生物转过身时，鲜血从尸体上喷涌而出，浇了她一身，她贪婪地舔着身上的每一滴血，对打扰她的人发出不满的号叫。看清来者是国王，她不情愿地呜咽一声，从尸体上爬了下来，领国王朝迦梨神庙走去。你肯定也知道，事实上每个人都知道，迦梨是所有人的神，从妖魔鬼怪到圣人，从国王到穷人。

维克拉姆想："既然是去见迦梨，国王应当没事。"因为所有国王都是刹帝利[①]，而刹帝利崇拜战争女神迦梨。她既是骑虎的杜尔伽，也是吞下魔鬼之血的尚缇，还是在尸体堆上狂舞的迦梨。无论你如何称呼她，她都拥有无上的力量。无论叫迦梨、帕尔瓦蒂还是尚缇，她都拥有嗜血的本性。你只要看看她的模样就能明白：伸着长

---

① 印度种姓中的军事贵族。

长的舌头,手上拎着魔鬼的头,骷髅连成她脖子上的项链,断臂组成她腰上的裙摆。她是可怕的毁灭者,身下长着牙齿,会无情地吞噬男人。有什么不可以呢?既然她是伟大的创造者,既然她的子宫孕育了世界,她为何不能将生出来的东西吞回去?不对吗?你知道,她曾经在身下藏了一把剑,而湿婆大人把巨大的生殖器变成了一道霹雳!两人翻云覆雨,地动山摇。那是另外一个故事了。但眼前的一幕让维克拉姆不禁想起这些——

国王拜倒在女神脚下,恳求她的祝福,接着爬到她跟前。女神朝着他心脏的位置咬了下去,痛快地吮吸他的血液,直到满脸是血,手上和衣服上也血迹斑斑。维克拉姆一声也不敢吭,默默地看着这一切。

只见迦梨直起身子,看着奄奄一息的国王。几个荼吉尼爬过来想要舔他留在地上的血渍。从断头台上走下来的她们,内心的欲望与外表一样可怕。迦梨一副心满意足的模样,闭着双眼回味鲜血的滋味,享受着空气里残留的血腥气息。荼吉尼把国王搬到一口放满油的大铁锅里,把他炸成了肉干才捞出来,端给迦梨享用。迦梨吃得格外仔细,每一根骨头都不放过。她把每一寸肉都啃得干干净净,才把骨架扔给一旁的荼吉尼。她们扑上去把骨架舔了一遍。这时迦梨拿来一罐金色液体,洒在国王的骨头上。骨头上竟然又长出了肌肉与软骨。她继续洒,骨头上的肉越长越多,直到身形恢复原状,血管也开始跳动。

不多久国王又站了起来,向迦梨鞠躬,然后赞美她。迦梨从沾血的袍子下抽出一块皱巴巴的布，把这块大手绢似的布摊开，抖了抖，大把金子落到地上，国王跪下来捡到袋子里。接着他又鞠了一躬便告辞了。很快便到了发金子的时间，一切跟平常一样。只有维克拉姆知道发生了什么。他心生一计。那天晚上，维克拉姆往国王的饮料里下了安眠药，然后自己前往那个火葬场。出发前他在胳膊和腿上割了一些小口子，并撒上盐和辣椒酱，让自己保持清醒。因为他知道这将是一个漫长的夜晚，而他一刻也不能掉以轻心。

他在火葬场找到了那个吸血的荼吉尼，让她把他带去迦梨的神庙。迦梨还没来得及仔细看他，他就扑倒在她跟前，她本能地低下头，把牙齿伸向他柔软的肉体，摸索了一会儿心脏的位置，吸了下去。维克拉姆感到一阵眩晕，但血管里盐与辣椒带来的强烈痛感让他始终保持着清醒。迦梨咂咂嘴，直起身子。

迦梨若有所思地说："这个味道我没尝过，血里多了种新的滋味。"

她坐在那儿继续吮吸维克拉姆的血，脸上很快被鲜血覆盖。见状维克拉姆自己跳到了油锅里。他不想让那些荼吉尼碰他，万一她们认出他来呢？他被炸熟端给了迦梨，迦梨啃干净骨头上的每一丝肉之后扔给了荼吉尼。她们又把骨架舔了一遍。然后迦梨拿出起死回生的金色液体。

在往骨架上洒药水之前，她拍着胀得鼓鼓的肚子，带着神秘的微笑说："拉者，我已经吃了你十一个月了。但今天你尝起来格外浓郁鲜嫩，比以往都好。"说着她发出大笑。

一群荼吉尼蹲在地上咂着嘴，她们看得出女神很高兴，虽然她们还不知道女神的秘密。

迦梨用戏谑的语气说："既然你今天格外香辣可口，我可以满足你一个愿望。"

"三个愿望吧。"维克拉姆马上答道，心里为计谋得逞而窃喜。

迦梨大笑："你的性格跟味道一样来劲，我喜欢这样的国王，那就三个吧。第一个愿望是什么？"

"赐我长生不老药。"

迦梨把大量金色液体倾倒在维克拉姆身上，他立马恢复到完好无损的状态。迦梨把剩下的药剂也递给了他。

"够你用一辈子了。"她笑着说，"那第二个愿望呢？"

"赐我那块能产金子的布。"

"行，给你。第三个愿望呢？"

维克拉姆深吸一口气，鼓足了勇气："赐予这个王国以及国王祝福，然后永远离开这里。"

迦梨一直笑着听维克拉姆提出的请求，似乎对此十分满意。现在她笑得更开心了，用愉悦的语调说："我在这儿的任务已经完成了，维克拉姆，我本就打算离开。"

说罢她便消失了。

维克拉姆这才知道迦梨一刻也没上当！

维克拉姆赶忙跑回宫殿,把那块产金子的布给国王。国王感谢了他,并派了一队皇家骑兵护送他回家。回家路上,他想顺路去感谢那个老太婆。但那儿根本就没人。那个老太婆就是迦梨。

维克拉姆从此成为迦梨最坚定的信徒。每当他陷入困境,迦梨就会像那次一样来帮他。那不是她唯一一次赢过狡猾的阎魔王。维克拉姆用那瓶金色液体救回了僧侣的妻子。神明的意志多么难以揣测啊!有时他们撒下鲜花,有时他们射来利箭。

鹰婆婆

（澳洲原住民）

在梦创时代①，有位叫加仑巴的老婆婆住在岩石地一带。她属于马伦德纳族，跟两个女儿住在一起。

她常常走出屋子，在岩石间唱歌。她的女儿则跳起舞，扬起的尘埃直往天上飞。

一天，两个男孩路过这里，注意到飞上云霄的灰尘，以为是炊烟。傍晚，他们朝这边走了过来。两个女孩见了告诉老婆婆："妈妈，来了两个男孩。"

老婆婆说："噢，那你们过去跟他们打个招呼。"

老婆婆见到两个男孩后说："晚上你们可以跟我们一起睡在帐篷里。"两男两女分成两对儿，分别睡在火堆两侧。

半夜，老婆婆趁两个男孩熟睡时把他们杀了。

夜里两个女孩醒过来，对老婆婆叫道："妈妈，我们饿了，想吃肉。"老婆婆说："那你们得自己去打

---

① 澳洲原住民文化中的创世时代。

猎。"然后便打发她们出了门。

女孩们走后,老婆婆砌了一个地灶,把两个男孩扔进去烤了,吃了个精光。然后她把她的脚伪装成野狗的脚,在帐篷里留下一堆野狗的脚印,脚印最后消失在帐篷之外。等两个女孩回来,她告诉她们野狗进来把两个男孩吃了。

接下来很长一段时间,老婆婆经常让女孩跳舞,扬起尘埃,引来年轻男孩,她就这样吃了一百来个小伙儿。

然后有一天,两个库拉巴巴族的男孩路过,当时老婆婆和女孩都不在。他们在帐篷附近转了转,发现许多小伙儿的灵魂在此徘徊。他们决定先离开,等天黑再回来。他们见到了两个女孩,女孩告诉他们可以留下来在帐篷里过夜。

晚上,两个男孩悄悄爬了起来,在两个女孩身旁各放了一根空心的木头。他们坐在外边的火堆旁偷偷观察。只见老婆婆搬着一块巨大的石头走到女孩身边,他们从黑暗中跳出来,瞄准她扔出回旋镖。

老婆婆应声倒地,年长的那个男孩对她说:"你不该吃小伙儿。你应该吃巨蜥、沙袋鼠和蓝舌蜥蜴。"

然后两兄弟用她手中那块石头让她断了气。老婆婆死后变成了一只雕鹰。

两兄弟说:"我们死后要变成狐蝠。"他们又对女孩说:"你们就变成红翅鹦鹉吧,在蓝天飞翔,在树上歌唱,以鲜花为食。"

两个孩子和女巫

(葡萄牙)

从前有个女人,她有一儿一女。一天,她让儿子去买了五里尔①的豆子。然后她对两个孩子说:"你们跟着地上的豆荚一直走,路的尽头是一片树林,我就在那儿捡木柴。"

两个孩子照做了。妈妈出门后,他们沿着她撒在地上的豆荚走到了树林,但怎么也找不到她。天黑以后,他们发现不远处有亮光,便走了过去,看到一个老婆婆正在做蛋糕。她一只眼睛失明了。男孩正好饿坏了,绕到她眼睛看不见的那一边,偷了一块蛋糕。老婆婆似乎以为是她的猫偷了蛋糕,大声呵斥道:"你这只贼猫!别碰我的蛋糕,这可不是给你吃的!"男孩见状对妹妹说:"你也去偷一块!"但女孩说:"不行,我肯定会笑出声的。"但男孩坚持要她去,她只好

---

① 葡萄牙旧货币单位。

硬着头皮上。她同样走到老婆婆看不见的那边，偷了一块蛋糕。老婆婆又骂起猫来："滚开！你这只老猫！这些蛋糕可不是给你的！"女孩忍不住发出一串笑声。老太婆听见后转过身来，见是两个孩子，忽然亲切地说："啊，你们是我的孙子孙女吗？快过来，多吃点儿，吃胖点儿！"说罢却一把抓起他们，扔进一个装满栗子的箱子里，关上了盖子。第二天，她走到箱子旁边说："宠物们，给我瞧瞧你们的手指，让我看看你们是胖是瘦。"两个孩子乖乖地把手指伸出来给她看。第二天老太婆又走了过来："小家伙们，给我瞧瞧你们的手指，让我们看看你们有没有长胖！"孩子们这回没有伸出手指，而是把藏在箱子里的猫的尾巴给她看了。老太婆说："宠物们，你们现在可以出来了，我看你们已经长得肥嘟嘟的了。"她把他们放出来后，让他们跟她去捡木柴。

孩子们走进树林，在一条路上找木柴，老太婆则往另一个方向走。他们在一个地方遇到了一位仙女。仙女对他们说："孩子们，你们捡的木柴是用来生火加热烤箱的，那个老巫婆打算把你们烤了吃。"她又告诉了他们脱身的方法：老巫婆会对他们说"站在烤盘上，我的宠物们，让我看你们在烤箱里跳舞"，这时他们要让老太婆先示范给他们看，这样他们就能脱身了。说完仙女便离开了。

他们与仙女作别后很快便在林子里找到了老巫婆。他们把收集到的木柴捆成捆，带回家，生起火加热烤箱。准备好烤箱后，老巫婆对两个孩子说："亲爱的小家伙们，过来坐在这个烤盘上，让我看看你们在烤箱里跳舞的样子！"两个孩子照好心的仙女教他们的回答说："老奶奶，你先坐在上面示范给我们看。"老巫婆一心哄骗孩子进烤箱，没多想便一屁股坐在烤盘上。就在她坐下的一瞬间，孩子们一把将烤盘推进了烤箱。老巫婆吓了一跳，很快便烧成了灰。孩子们成了这个小屋的新主人。

心上女巫

（中非：刚果）

一个叫马索纳的年轻人爱上了一个叫基苏姆娜的女孩，每天晚上他都要送她一瓶棕榈酒。一天，女孩对他说："明天你别来，后天再来。"年轻人觉得奇怪，但他怎么也猜不到真正的原因：她是个女巫！第二天，年轻人还是忍不住要去见心上人，出于谨慎他带了一些棕榈果，放在缠腰带里。

他敲开了她的门，她一脸尴尬，但又不好拒绝他进门。

他们上了床。但半夜，他忽然听到房顶上响起女孩的父亲、也是村子首领的声音。这其实是首领的灵魂栖息在屋顶上。

接着首领像只蝙蝠从屋顶上飞了进来，女孩的母亲及几个村民也跟着飞了进来。他们都没有身体。人到齐后，首领叫女儿过去坐下。她非常尴尬，因为她知道心上人能听到他们的每一句话，但即便是巫师也无法在这样的黑暗中看见他。

首领给了她一块肉让她吃。她没拿稳，掉了，其他人手里的肉也纷纷掉了。首领知道村子里一定有人醒着，正在偷听。于是他飞出屋子，在村子上空盘旋，给每间屋子都洒了些安眠药水，让所有不知情的村民陷入沉睡。

回到女儿房间后，他开始往肉上倒人血做的调料，也没拿稳，洒了。竟然还有人醒着。他知道那个人现在肯定藏在女儿的房间。他们把基苏姆娜的追求者马索纳找了出来。

首领邀请他加入他们，分给他一块肉。他知道这意味着什么：下次聚会时他也要贡献人血，加入他们的代价是变成杀人犯。但一旦拒绝，他便会成为受害者，他几乎没得选。

他左右为难，于是心生一计。他见女孩的母亲也在，便摆出一副绅士的派头故意说:"我求之不得，但我实在没法当着未来岳母的面吃下这块肉。"

其他人都表示同意，即便对于巫师来说这么做也不礼貌。于是他独自坐到床边的一个角落，背对着大家。他拿出藏在身上的棕榈果吃了下去，装作是在吃肉。女孩见他加入他们自然很开心。她不知道他已经偷偷把那块肉埋到小屋的泥地里了。他吃完后，首领说:"现在你得交出一个你的亲属，比如你妈妈或外婆。"年轻的马索纳答应了，他早就料到了这点。

不久后女孩的外婆去世了。村民觉得她死得蹊跷，要求首领去找一个占卜者。首领派马索纳去找。他路过附近一个村子，女孩的哥哥住在那儿。他告诉了未来大舅子他的任务，要找个占卜者调查女孩外婆的死因。

女孩的哥哥说："她也是我的外婆。如果她有可能是被巫术害死的，我得亲自调查清楚。我就是个占卜者。谢谢你告诉我这事。我跟你过去，到了村里我就以未来亲戚的名义住你家，这样没人会起疑心，然后我偷偷调查情况。"

占卜仪式那天，首领让所有村民到广场上集合。占卜者命令村民分成几组，按自由人或奴隶、血亲或姻亲等等站好。首领开始不安，心怦怦直跳，他觉得占卜者已经觉察到问题的根源。占卜者将怀疑范围缩小到一个家族，口中念念有词：

巴福穆沃坦达

巴阿纳沃坦达……

自由人之列

奴隶之列……

最后他让其他人都走了，只留下首领一家。首领、首领妻子和其他巫师只好接受刑罚，喝下毒药死了，包括基苏姆娜。

诅咒

（亚美尼亚）

很久很久以前，我的祖母的祖父的父亲在镇上散步，不知不觉陷入沉思，忽然他抬头看见一个女矮人跑过，手里捧着人类的肝脏，身后跟着一群小矮人，追着她要吃的。

"妈妈，我们要吃！"他们一个个喊着。

"好，好，等我到河里洗一下就给你们吃。"女矮人边往河边跑边说。

我的这位祖先心地善良，眼前这一幕让他不寒而栗。他知道肝脏一旦沾了水，肝脏的主人就会马上死去。他必须阻止那个矮人，但该怎么做呢？他想起关于矮人族的传说，据说只要把针插进他们的衣服，就能阻止他们干坏事。

他立刻把别在围巾上的别针拔出来，插到女矮人的衣服上。女矮人马上停下了脚步。孩子们见妈妈被抓住，转身四散逃走了。

"把别针拔下来，我可以答应你的任何要求。"女矮人恳求我的祖先。

"这是谁的肝脏？"他问她。

女矮人没有回答。他又问了一次，她才开口说是镇上一个刚生了孩子的年轻姑娘的。

"所以你夺走了一个无辜的年轻姑娘的肝脏，你清楚得很，只要肝脏一沾水她就会死。你还指望我同情你。我怎么可能同情你？"他又命令那矮人："把肝脏还给那个姑娘。快去，还给她以后再到这儿来。"那个可怜的被抢了肝脏的姑娘身体被撕开，已经奄奄一息。女矮人把肝脏塞回她的身体后，她恢复了呼吸，很快便康复了。

女矮人回到抓住她的人那儿，再次求他放了自己。"让我走吧。我还有孩子要养。我必须照顾他们。"

"你要我给你自由，让你照顾孩子，可你却为了喂自己的孩子差点儿让那个刚出生的孩子成为孤儿。"

我的祖先命令女矮人到他家去干活儿，做饭、打扫、烤面包等等。她家务活儿干得很棒，尽职尽责，但她总是求人放了她。然而大家都知道，一旦放了她她就会干坏事。她就这样干了好几年。七年后的一天，她再次对主人说："拔了别针让我走吧。我保证再也不会打扰或伤害你以及你七代之内的家人。"

"但你一旦获得自由就要干坏事。"

"只要你让我走，我一定不会碰你七代之内的家人。我最多让你们的木勺子很容易断掉。"我的祖先答应了，她走后信守承诺，没有伤害过我的家人。但从此在亚美尼亚，勺子总会莫名其妙地断掉。

两个孩子和一个女巫

（美拉尼西亚）

在新赫布里底群岛中的梅莱岛上生活着一对夫妇与他们的两个孩子——一个儿子和一个女儿。男孩叫波基菲尼，女孩叫波基蒂妮。

一天夫妇俩对孩子们说："我们要去菜园里干活儿。你们要听话，千万别靠近海边。海边住着一个叫莉克雷的女巫，她最喜欢抓小男孩和小女孩。一定要当心，不然就会被她抓走。"

两个孩子都答应会听话，不会靠近海边。他们一想到女巫就怕得发抖。

"我们会离海水远远的。"两人都说。

于是夫妇两人扛起农具出了门，朝菜园走去。

他们刚走没多久，一只金红相间的蝴蝶就飞了过来，在明媚的热带阳光下翩翩起舞，分外美丽。它飞啊飞，偶尔落在花上，又忽地腾空而起，轻盈飘舞。

波基菲尼连忙叫妹妹："波基蒂妮，快看，这只蝴蝶多漂亮！"

他们跑过去想捉住它。但蝴蝶总是在花瓣或树叶上停留片刻就飞走，两个孩子追啊追，跳过石头，穿过草丛。父母的叮嘱早被他们抛在脑后，对女巫的恐惧也忘得一干二净。

很快他们就跑到了海滩上。蝴蝶飞到了石潭上方。这会儿是退潮的时候。那里有沙滩，也有岩石与珊瑚围出的大大小小的水池。

孩子们不一会儿就忘了蝴蝶。

波基蒂妮对哥哥说："波基菲尼，看那些可爱的小鱼儿！好多好多啊！我们去抓鱼吧！"

他们一伸手就抓到了好些小鱼，每条只有一寸半长。

他们说："手拿不下啦，我们得拿个篮子来。"

于是他们抢着跑回家，一人拿了一个渔篮。这是他们的妈妈用树叶编的，篮子顶部还有盖子，这样鱼就没法从里边蹦出来了。

波基蒂妮和波基菲尼很快就抓到满满两篮小鱼，开心得不得了。顽皮的孩子啊！他们完全忘了父母的叮嘱和可怕的女巫。

他们开始往回走，爬过岩石，踏过浅滩，忽然可怕的一幕出现了：女巫莉克雷躺在一块巨石上，向后倾着头，在池水中洗她的一头长鬈发。听到动静她抬起头来，甩了甩头发。

"哈！哈！"她叫道，"这是谁呢？过来，可爱的小宠物！快过来！"

两个孩子吓呆了,一动也不能动。

她又叫道:"快过来!你们篮子里装的什么?"

她打开篮子,把所有小鱼统统倒进嘴里,咕噜一声吞了下去。然后她又抓起可怜的小波基蒂妮,把她一整个吞了下去,除了她的一根小指头——那根小指头不小心被她咬断,掉到了沙滩上。

波基菲尼趁机跑到旁边一棵椰子树下,开始往高处爬。他双手抱住树干,脚掌直蹬下面的树干,迅速爬了上去。

"妈妈!爸爸!"他放声大叫,"妈妈!爸爸!"

"我好像听见孩子在叫我们。"妈妈说。

"胡说!"丈夫说,"我什么也没听见。继续干活儿,不然我用棍子抽你,懒女人!"

"妈妈!爸爸!"喊声随风飘过来。这次夫妇俩都听到了。他们急忙跑过去看发生了什么,只见儿子趴在椰子树上。

"啊,爸爸妈妈,"波基菲尼说,"我们不是好孩子。"他们叫道:"快下来!"他从树上爬下来,告诉他们:"女巫把妹妹吃掉了。"他哭了起来。爸爸的眼泪也决了堤。妈妈则更冷静。

她手中拿着一把石斧,那是她一直用来割山药植株上的杂草的。

她问:"莉克雷在哪儿?我们去找她。"她很快就找到了那个可怕的女巫。"嘿,莉克雷,我女儿在哪儿?"

"你女儿?"莉克雷说,"什么女儿?我没见到任何小女孩。"

爸爸也擦干了眼泪。他手中拿着一把芦苇长矛，矛尖是用鲨鱼牙做的。他说："别撒谎！"然后用左手一把抓住莉克雷，把她按在地上，右手举起长矛瞄准她的喉咙刺了下去。

女巫立刻就死了。妈妈连忙用锋利的石斧划开她的胃，亲爱的小波基蒂妮一下跳了出来。他们见到她高兴坏了！一家人终于又开心地团聚了。

水鬼

（埃及）

一天晚上，伊德里斯从三公里外的巴什姆回来。他骑着他的小母马走在大路上，到桥附近时他忽然听到一个声音在喊："啊，伊德里斯；啊，伊德里斯。"

他四处张望，但不见人影。他心想可能是风声，就继续往前走。那个声音又喊了起来："啊，伊德里斯，过来帮帮我。"

他循声望去，只见一个女人站在运河边，地上放着一个大水罐，她没力气举起来。

伊德里斯下了马，朝她走过去。他没在村子里见过她。他问她："你这个点在这儿做什么呢？"

她转头看向村子的东边，回答说："我从那边来的。我们是邻居。我过来打水，结果耽搁了太久。你能骑马带我回家吗？"

伊德里斯说："好吧。"

他让她爬上马背，坐在自己身后，继续往前走。

过了一会儿，他感觉她一直动个不停。他回过头一看，见她正袒胸露乳，那是一对铁乳房，乳头上喷出两条火舌。原来她是水鬼！她一头长发直垂到膝盖（美丽动人），正打算杀了他。他用尽全身力气朝着马肚子踢了下去，马疼得站了起来。他紧紧抓住缰绳，水鬼掉到了地上。他趁机一阵风似的逃走了。

他走出很远还能听到她在咬牙切齿地嘶吼："啊！你这个狗娘养的，竟敢从我掌心逃走！"她的眼睛冒出火光。

Part
08

审判与抗争

被诅咒的搅拌桶

（爱尔兰）

从前，在斯卡拉沃什教区住着一位老妇人，在邻居中名声很坏。在一个五朔节前夜，好几个人看到她在附近农场里用漏勺打井水，接着她又走到不远处的一片草地，用漏勺从草上打露水。有一个人还听见她自言自语："全到我这儿来，一滴也不给他留。"过了一两天，那座农场的主人从地里回家吃午饭，发现家人在搅拌桶边忙活半天了，桶里却一点儿黄油的影子都没有。他觉得古怪，在屋子里找了一圈，最后在壁炉架上找到了一块变质的黄油。

他说："别忙活了，看那是什么！"一个女儿说："那是女巫的黄油，用刀把它切下来！"另一个说："没用的，除非有施了魔咒的刀，不然肯定没用。去问问那间废弃房子里的仙子吧，只有他有可能知道该怎么做。"农场主采纳了这个建议，当他们又攒了一桶牛奶准备做黄油时，他们请教了仙子该怎么做。

他们在牛脖子上缠了一圈花楸树的细枝，生起一堆火，把套在牛身后的犁刀插进火堆。接着他们给搅拌桶也缠上花楸树枝，再绑到犁的铁链上，同时紧闭门窗，谁也不能从外边打开。然后他们愉快地搅拌起来。

铁犁很快烧得通红，他们听到有人拨弄门闩，那个女巫的脸忽然出现在窗外。他们问她："夫人，你要干什么？""我想烤火。我听说搅拌桶的事了，我来帮你们搅，我很拿手。"她边说边发出痛苦的嘶吼，因为那滚烫的铁犁正在她的体内灼烧。"可怜的女人，你怎么了？""我肚子好痛！可怜可怜我，让我进来烤火吧，再给我一杯热饮料。""哎呀，太可怜了，但就算是圣莫格①来了我们也不能开门，不然女巫会趁机溜进来破坏链条，拖开铁犁，在那只搅拌桶上做手脚。她之前从我们的搅拌桶里拿走了新鲜黄油，还从炉子里拿了一条泥炭，她不把黄油和泥炭还回来我们就不能停。可怜的女人，你多等会儿吧，只要看到桶里出现黄油我们就给你倒一杯热乎的潘趣酒，里面再加上香菜，会让你好起来的。加点儿泥炭，让火烧得更旺！"女人又发出一声呻吟，喷出一连串话："啊，谁来惩罚这些铁石心肠的家伙，他们眼睁睁看着一个邻居死在门外！我是来帮你们的，而你们连这点儿忙都不愿帮我。把窗户打开，把这个拿去。把这团白纸里的黄油扔到搅拌桶里，把这条泥炭扔到炉子里，再用这把刀

---

① St Mogue，爱尔兰圣人。

把壁炉架上的黄油切下来。刀用完还给我，它是我帮你们从一个知识渊博的女人那儿讨要来的，我要拿回去还给她。"

他们照做了，搅拌桶里很快就冒出大堆黄油。他们开心极了，连声欢呼，甚至打开门请那个老妖婆进来。但她怒气冲冲地走了，走前对他们说："我才不要吃你们的东西。你们像对待克伦威尔党一样对待一个好邻居，我以克伦威尔的名字诅咒你们！①"

---

① 克伦威尔于 1649 年率兵入侵爱尔兰。

乔舒亚拉比与女巫

（犹太）

乔舒亚·本·哈纳尼亚拉比和埃利泽·本·西卡纳斯拉比两人在巴比伦旅行，他们路过一座只有几户犹太人的城市。这些犹太人都很久没见过教友了，但仍然忠于传统，代代相传。两位拉比碰巧看到两个犹太小孩在街边玩耍，他们堆了好些沙堆，一个孩子指着其中一堆说："这是给教区的什一税。"

听到这话，两位智者就知道这是犹太人的孩子，他们原本不知道这座城市有犹太人，大吃一惊。他们让其中一个孩子带他们去犹太人街区，到了以后，他们敲开了看到的第一扇门。那家人见是远道而来的犹太同胞，喜出望外，盛情邀请两位拉比住下。

晚上，拉比与那家人一块儿吃饭。食物非常美味，但他们发现每道菜端上桌前，男主人都要先端去隔壁房间。埃利泽拉比觉得奇怪，就问他原因。男主人告诉他们，他的老父亲待在那间房里，他发誓除非有拉比回到这座城市，不然他就不踏出房间一步。

两位拉比透露了身份，告诉他现在可以让老父亲出来了。他高兴地把父亲请了出来。老人见到拉比，热泪盈眶。乔舒亚拉比问他为何要发誓留在房间。老人说："我老了，我想在离开这个世界之前看到孙子，但我儿子一直没孩子，所以我发誓留在房间里，除非有智者来为他祈祷，让他有个儿子。"

两位拉比听了很感动，埃利泽拉比让乔舒亚拉比帮忙想想办法。乔舒亚拉比答应尽力而为，他让男主人，也就是老人的儿子去找些亚麻子来。接着他把这些种子撒在桌上，又用手指蘸了点儿水，滴到种子上。种子一瞬间就冒出芽来，众人目瞪口呆。

不一会儿种子就长成了亚麻，在桌子上扎了根。在众人的注视下，乔舒亚拉比把手伸进亚麻丛里，扯出一束头发，接着是头，最后是身体：他拔出了一个女巫。众人惊讶得张大了嘴。乔舒亚拉比继续抓着她的头发，盯着她的眼睛严厉地说："我命令你解除对这位男子的诅咒，让他有自己的孩子。"女巫瑟瑟发抖，承认了自己的罪过，但她说她把咒符扔到了海底，没法解除咒语。乔舒亚拉比说："那我只好把你关在这张木桌里，直到咒语解除！"他松开女巫的头发，她很快陷进桌子，沉到亚麻的根里。亚麻很快便枯萎不见了，桌上又只剩下那几颗种子。

大家这下知道男主人被女巫施了咒又无法破除，非常难过。但乔舒亚拉比没有放弃。他让男主人把他们带到海边。到了以后他站在岸边，召唤海王拉哈布。他请求拉哈布找回那枚咒符，只有这样才能解除咒语。哗啦一下，那枚咒符浮上海面，被海浪送到乔舒亚拉比脚下。他打开咒符，取出写着咒语的羊皮纸，点火烧掉，解除了咒语。同一瞬间，桌子里的女巫也被放了出来，头也不回地逃走了，再也不敢回这座城市。

不到一年，男主人便当上了父亲。一家人喜出望外，尤其是老父亲，他一直活到了孙子的成人礼。那个孩子叫朱达·本·巴希拉，他师从乔舒亚拉比，也成了一位拉比，乔舒亚拉比慷慨地传授了他知道的一切。

巫医的建议

（北美：欧扎克）

故事是这样的：一个山民刚睡着，就走过来一个拿着缰绳的漂亮姑娘。一眨眼之间，她把这个可怜小伙儿变成了一匹小马，跳到他背上，骑着他飞快地穿过一片树林。到了一个山洞跟前，她把他拴到洞口的一棵树上，他看到一群"外国佬"把大袋的钱搬进那个洞。然后她又把他骑回了家。第二天早上他醒来，发现自己精疲力竭，身上还有擦痕。一夜又一夜，这事重复发生，于是那个山民去请教一位著名的巫医。巫医建议他夜里再被拴到那棵树上时做个记号，白天就可以找到那个地方。巫医还说，用银子弹就能杀死那个女巫，将山洞中的宝藏据为己有。于是第二天晚上，变成马的山民想在那棵小树上留下尽可能多的记号，他朝着树干猛咬了一通。他说："我咬啊咬，忽然传来一阵吵闹声和一道闪光。接着我听到有人在大喊大叫，像是我老婆的声音。然后一眨眼的工夫我就回到了家里。"说到这儿,山民偷偷瞟了一眼坐在炉火旁抽烟的老婆,接着说:"好像是我睡觉不老实,差点儿把我老婆的腿给咬断了!"

七王后之子

（印度）

从前有位国王娶了七个妻子，却没有一儿半女。国王一直为此事伤心，特别是当他想到死后王位无人继承，伤心更甚。

一天，一个托钵僧前来见他，告诉他："我听到你的祈祷了，你会实现愿望的，七位王后中有一位会生下一个儿子。"

国王听到这个消息高兴极了，迫不及待地下令整个王国为即将到来的喜事做准备。

与此同时七位王后住在奢华的宫殿中，衣食起居有数百名女仆伺候，糖果甜食应有尽有。

国王爱好打猎，一天他出发前，七位王后托人带信给他："尊贵的国王，今天请不要去北边打猎，我们做了不祥的梦，担心厄运会落到您头上。"

国王为了不让她们担心，答应了这个要求，改去南边打猎。但他运气很糟，寻寻觅觅半天，一只猎物都没见着。他又去了东边和西边,还是两手空空。他实在不愿空手回家,就把承诺抛在脑后,朝北边去了。起初他一无所获,但就在他快放弃时,一只长着金角与银蹄的白鹿一阵风似的从他身边跑过,钻进灌木丛不见了。国王甚至没来得及看清它的模样,但他心里直痒痒,决心要捉住这只美丽的神兽。他立刻命令手下围住那丛灌木,并一点一点缩小包围圈。他慢慢靠近,直到看清一头白鹿在丛中喘气。他小心翼翼地走过去,眼看就要得手了,它一跃而起,从国王头顶跳了过去,逃向山里。国王赶紧跳上马,紧追不舍,把随从们都远远甩在身后。他追到一个狭窄的峡谷,前方没了出路。他又累又沮丧,见到旁边有座破烂的小屋,便走进去想要杯水喝。一位老妇坐在屋子里纺纱,听了他的话把女儿叫了出来。一个皮肤白皙的金发姑娘从里面的房间走了出来,如此可爱迷人,国王一下子看呆了。

她将一杯水递到国王的嘴边，国王边喝水边盯着她的眼睛，明白了她就是那头金角银蹄的白鹿。

国王被她的美貌迷得神魂颠倒，跪下来求她成为自己的新娘。她听了哈哈大笑，说七个王后还嫌不够吗。但国王不依不饶，苦苦哀求，说他可以答应她的任何要求。她说："那把七个王后的眼睛给我拿来，那样我也许就能相信你说的话。"

在白鹿的美貌与魔力面前，国王早已失去了理智。他立刻回家，命人取出七位王后的眼珠，然后把她们扔进了恶臭的地牢，可怜的盲王后们无处可逃。国王马不停蹄地赶回那间小屋。白鹿看到十四颗眼珠残忍地笑了，她把眼珠穿成一串项链扔给老妇说："妈妈，戴上这个，我要去国王的宫殿了，这是给你的纪念物。"

她作为新娘与着了魔的国王一同回到宫殿。她穿上七位王后的衣裳，戴上她们的珠宝，住进她们的宫殿，由她们的女仆伺候，过上了每个女巫都艳羡不已的生活。

就在被挖掉眼珠扔进监狱后不久，最年轻的那位王后生下了一个漂亮的男孩。其他王后起初十分嫉妒，讨厌这个漂亮的小男孩。但后来她们也喜欢上了他，像照顾自己的孩子一般照料他。他学会走路后没多久，便开始在地牢的墙上挖洞，不久之后竟然挖出了一条通道。他爬了出去，一个多小时后又爬了回来，带回来大把糖果，平均分给了七位盲王后。

他一天天长大，隧道也越挖越宽，他每天都出去两三趟，找城里的贵族小孩玩。没人知道他的身份，但大家都很喜欢他。他会很多滑稽把戏，总能把大家逗得乐呵呵的，然后大家便赏给他一些蛋糕、一把炒米或者一些甜食。他把这些都带回家分给七个妈妈，他管七位王后都叫妈妈。大家都以为她们早就饿死了，可她们在儿子的帮助下活了下来。

几年后王子长成了大小伙儿，一天他出门打猎，碰巧路过白鹿居住的宫殿。他看到一群鸽子围着塔楼飞，便拿出弓箭瞄准，射下来一只。窗外的响声惊动了白王后，她站起来往外看。第一眼看到这个拿弓站着的英俊小伙子，她就认出了这是国王的儿子。

她又急又气，决心要马上杀了他。她派人把他带到跟前，问他能不能把刚才射死的鸽子卖给她。

小伙子说："不行，鸽子是要给我在地牢里的七个妈妈的，她们眼睛都看不见了，在等着我带食物回去，不然就会饿死。"

白女巫假惺惺地惊叹："太可怜了！你不想帮她们治好眼睛吗？给我鸽子，我保证帮她们重见光明。"

小伙子一听燃起了希望，连忙把鸽子递给她。白王后让他立刻去找她的母亲，问她要那串眼珠项链。

这个狠心肠的王后说："只要你给她看这件信物，她就会给你的。"

说完她递给他一块陶瓷碎片，上边刻着一句话——"立刻杀死信使，让他血流如注！"

小伙子不识字，他拿着这条致命的消息开心地前往白王后的老家。路上经过一座城市，每个人看上去都很悲伤，他忍不住问发生了什么事。他们告诉他，国王唯一的女儿不肯结婚，所以国王死后就将无人继承王位了。他们都觉得公主一定是疯了，她拒绝了王国里每一个英俊的年轻人，说自己只愿意嫁给有七位母亲的人，这是什么天方夜谭！绝望的国王下令每个进入城门的小伙子都要被带到公主面前。小伙子一心要去找回母亲的眼睛，一刻也不想耽搁，但迫不得已只能服从。

谁知公主一见到他，脸就红了，对国王说："爸爸，这就是我要嫁的人！"

这句话令所有人喜出望外，但小伙子说他必须先找到妈妈的眼睛才能娶公主。公主不仅美丽，还聪明博学，听了他的故事后，让他给她看那块陶瓷碎片。看到那句话她没出声，但找来一块形状相似的陶瓷碎片，刻上另一句话——"照顾好这个小伙儿，答应他的全部要求。"她把这块陶瓷给了小伙子，他立马出发了。

不久他便找到了那间小屋，见到了白女巫那又老又丑的母亲。听到他要那条项链，她不满地嘟囔了几声，但还是照陶瓷碎片上的话做了，边把项链递给他边说："上边只有十三颗眼珠了，我上周弄丢了一颗。"

小伙子开心极了，连忙赶回家，把眼珠给七个妈妈。六位年长的王后每人得到了两颗眼珠，但最小的王后只剩一颗。他说："我最亲爱的小妈妈，我将永远是你的另一只眼睛！"

之后他便出发去邻国，兑现他对公主许下的承诺。路过白王后的宫殿时，他看到一群鸽子在屋顶飞来飞去，又拿出弓箭射下一只，响声惊动了白鹿。她一看，天哪，国王的儿子还活得好好的！

她气急败坏，派人把他叫来，问他怎么这么快就回来了。听他说他找回了十三颗眼珠给了妈妈，她更是气得咬牙切齿。但她还是假装祝贺他，又告诉他，如果他愿意把鸽子给她，她就把乔吉的母牛给他。这头神奇的母牛能够每天不停地产奶，奶量足够灌满一个王国那么大的池塘。小伙子相信了她的话，给了她鸽子。像上次一样，她让他去找她的母亲要牛，又给了他一块陶瓷碎片，上边刻着——"务必杀了此人，让他血流如注！"

但小伙子先去见了公主，告诉她事有耽搁，而她又替换了陶瓷碎片。所以，当小伙子来到老巫婆的小屋，向她索要乔吉的母牛时，她无法拒绝，只能告诉他如何去找牛。她说了好些注意事项，尤其是不要怕看守宝物的一万八千个恶魔，然后让他快滚，免得她因女儿蠢到把这么多好东西随便送人而暴跳如雷。

然后小伙子按照指示勇敢地去做了。他走啊走，一直走到一座乳白色的池塘，四周有一万八千个面目狰狞的魔鬼守着。他们真的可怕极了，但他哼起小曲壮胆，径直走了过去，既不看左也不看右。不久，他来到一头高大美丽的白色奶牛跟前，身为恶魔之首的乔吉坐在一旁，日夜挤奶，牛奶从奶牛的乳房不断注入乳白的水池。

看到小伙子，乔吉严厉地问："你到这儿来干什么？"

小伙子照老巫婆告诉他的说："我要你的皮，因陀罗要做一口鼓，他说你的皮又好又结实。"

乔吉听了瑟瑟发抖（因为没人能违抗因陀罗的旨意）。他扑倒在小伙子的脚下，哭喊道："求求你放过我，你要什么都可以，哪怕是我美丽的白牛！"

小伙子装模作样地犹豫了一番，然后答应了这个交易，说要在别处找到像乔吉那样又好又结实的皮并不难，于是牵走了那头神奇的奶牛。回家后，七位王后见了奶牛赞叹不已。她们从早到晚做奶冻，还把牛奶卖给甜品店，但连奶牛产的一半奶都用不完。她们一天比一天富有。

见妈妈们过上了好日子，小伙子也可以放心去娶公主了。但路过宫殿时他又射下了一只鸽子，惊动了白鹿。她见他仍然完好无损，气得面色如土。

她把他叫到跟前，问他怎么这么快就回来了，当她听说她母亲对他那么好时，她气得发疯，但仍强忍怒气笑着说，如果他把这只鸽子也给他，她就给他百万倍产量的稻子，而且一个晚上就能成熟。

小伙子欣然答应了她的要求，接过陶瓷碎片，上边写着——"这次不许失败，杀了此人，让他血流如注！"

路上他照例先去见了公主，怕她担心。公主又一次替换了陶瓷碎片，写上——"这次也要满足他的要求，不然你要血债血偿！"

老巫婆听了他的要求火冒三丈，但实在害怕女儿，只好强忍怒气让他自己去找一千八百万个恶魔镇守的稻田，并警告他，摘了田正中间那株最高的稻子后，无论发生什么都不要回头。

小伙子很快走到了一千八百万个恶魔守卫的稻田，百万倍产量的稻子就长在这儿。他鼓起勇气，目不斜视，径直朝田中央走过去，摘下最高的那株稻子，转身就走。但这时他耳边响起无数个甜美的声音，此起彼伏地说："把我也摘下来！把我也摘下来！"他忍不住回头看。瞧啊！他立刻化为了一小堆灰烬。

老巫婆见小伙子久久没回来，想到陶瓷碎片上那句"你要血债血偿"便坐立不安，决心过去找他。

她一看到那堆灰烬便明白发生了什么，她往灰里浇了些水，揉成团，捏成人形。接着她刺破一根手指，用嘴吸了一滴血喷到小人身上，小伙子马上出现在眼前。

老巫婆埋怨地说："不要再犯错了！下次我可不会来救你了。现在快滚！趁我还没后悔。"

小伙子开心地回到母亲们身边。有了百万倍产量的稻子，她们很快成了王国里最富有的人。她们为儿子与公主举办了盛大的婚礼。但聪明的公主知道，只要邪恶的白女巫不受到惩罚他们就不得安宁。她让丈夫建了一座房子，与七位王后从前的宫殿一模一样。建好以后，她让丈夫举办一场盛宴，邀请国王前来参加。国王早就听闻七王后之子神秘的身份与惊人的财富,高兴地接受了邀请。当他看到这座宫殿与自己的宫殿一模一样时,他吓了一跳。盛装打扮的小伙子把他领到大厅,只见七位王后坐在宝座上,仿佛还是从前的模样,国王惊得说不出话来。公主走上前来,跪在他脚下,讲述了整个故事。国王一下子从魔咒中惊醒。想到自己被白鹿迷惑了那么久,他愤怒不已,处死了她,还犁平了她的坟墓。七位王后回到了她们自己的壮丽宫殿,所有人都过上了幸福的生活。

凯莉·波尔

（苏格兰）

一天，山岳女巫凯莉·波尔抓了春仙子心爱的姑娘。她从位于本维斯山的家乘风而下，来到夹在东侧红山和西侧大湖之间的斯凯平原。在那儿，她把一卷棕色羊毛扔给女孩说："给我把棕色羊毛洗成白色，不然你永远无法重获自由。"

姑娘洗啊洗，刷啊刷，但羊毛一点儿也没变白。与此同时，凯莉自己在科里弗雷肯海峡——那是她的可怕大锅——把衣服煮得雪白，然后扔到斯托尔山去晾干。她在斯凯岛赖着不走，岛上每天天气都糟透了。春仙子决定要把她赶走，但凯莉是一个厉害的女巫，春仙子一个人没法应付。刷啊刷啊刷，他心爱的姑娘还在洗羊毛。她的手指都肿了，脸色苍白，看着怎么也洗不成白色的棕羊毛，越来越绝望。

春仙子只好向太阳求助。热情易怒的太阳听了女巫的所作所为很是生气，也十分同情春仙子。他用力将手中的长矛投向凯莉正在散步的荒原。燃烧的长矛刺入大地，烈焰灼伤了泥土，地上拱起一个巨大的脓疱：一道六英尺宽、六英尺高的山脊。女巫吓坏了，钻到了一丛冬青的根下，再也不敢出来。那个姑娘重获自由，开心地与春仙子重逢了。但那座山不断扩张，有一天终于爆发了，涌出滚烫的熔岩，燃烧了几个月，才最终从烈焰的火红渐渐冷却成闪光的金色。但山口仍不时吐出黑烟，咕噜作响，直到今天都是如此，因此得名火焰山。它闪耀的火光是太阳在那个寒冷的季节战胜了凯莉的证据。女巫用尽了法术，也没能使火焰山上落下一片雪。

夜女巫

（加拿大）

一个老太太因为夜里胃痛、抽筋、失眠以及各种小病去看医生，但新医院里那些高级机器什么毛病都没查出来。

她问医生："你就没有什么办法吗？"

医生问她："你能想到什么可能的原因吗？"

她说："离我两座房子的邻居，有人说她是个女巫。"

医生听了恍然大悟。他在那个地方待了二十年，早就听说过"夜女巫"，知道该怎么对付她。女巫的咒语厉害得很，只有一个办法能解除。他告诉了病人：往一个瓶子里尿尿，用塞子紧紧塞住瓶口，即使瓶子倒过来也一滴尿液都不能漏出来，然后把瓶子放到床底下。

老太太照做后，胃不疼了，腿不抽筋了，晚上很快便睡着了。但她的邻居却病倒了，人们走在街上都能听到她痛苦的叫声。她也去看了医生，说她没法尿尿，痛苦不堪。她的膀胱胀得满满的，却一滴尿也排不出来，就像被塞子塞住了一样。

她求医生："让你那个病人把放在床底下的瓶子打开。"

医生答应说："行，只要你不再对她施咒。"

于是女巫解除了她的恶毒咒语，医生的病人打开了瓶子，女巫又能正常尿尿了。她攒了多少尿啊！整整一个星期她都没停下，干一会儿活儿就欢天喜地地往厕所跑，过不了多久又是一轮。一个星期后她才恢复正常。她再也没敢纠缠那个老太太。

比迪·厄尔利、神父与乌鸦

（爱尔兰）

比迪·厄尔利病了，病得很重。不知是有人去请了神父还是他自己听到了消息，神父连忙赶去她家。比迪躺在床上，神父走进房间听她忏悔。那种老房子窗户都很小，神父就站在一扇小窗跟前，窗户正对着一棵高大的桦树。树上有只乌鸦，在神父听她忏悔时一直嘎嘎嘎叫个不停。

比迪忏悔完后，突然对神父说："神父，你能不能把那只乌鸦带到床头来？"

神父说："我试试。"

他开始祈祷，对着一本书念了出来。乌鸦还在那棵树上嘎嘎嘎地叫。当神父念完后，比迪说："让我来。"

她从床上坐起来，从枕头下掏出她的魔法瓶。不知她用了什么法子，那扇窗一下子弹开了，那只乌鸦飞了进来，站在床头嘎嘎嘎地叫。比迪对神父说："你做不到吧。现在你能把它赶走吗?"

神父又开始祈祷。乌鸦仍然站在床头嘎嘎嘎地叫。比迪说:"好吧,我来赶走它。"

她用瓶口对准乌鸦,乌鸦一下子就朝窗外飞去,又回到了那棵树上,嘎嘎嘎地叫。

比迪把瓶子递给神父,说:"这个给你,现在你也拥有我的法力了。"

但神父后来把瓶子扔进了基尔巴伦湖,现在它应该还躺在湖底。

佩蒂·皮特智斗女巫贝亚
（意大利）

佩蒂·皮特是个高个子的小男孩。他上学路上有个花园，花园里有棵梨树。皮特经常爬到树上摘梨吃。一天女巫贝亚从树下经过，对他说：

> 佩蒂·皮特，用你的小手摘个梨给我吃！
> 我是认真的，别笑。
> 我已经开始流口水啦，真的，真的！

佩蒂·皮特心想，她馋的可能不是梨而是我。他不敢从树上下去，摘了个梨扔给女巫。但梨掉到了地上，刚好滚到一堆牛粪里。

女巫贝亚又说：

> 佩蒂·皮特，用你的小手摘个梨给我吃！
> 我是认真的，别笑。

我已经开始流口水啦,真的,真的!

佩蒂·皮特又从树上给她扔了个梨,这回梨掉到了一堆马粪里。

女巫贝亚还在叫他。佩蒂·皮特心想最好别惹她发怒,就乖乖地从树上爬下来,把一个梨递给她。女巫贝亚打开她的口袋,但她装进去的不是那个梨,而是佩蒂·皮特。她把口袋绑好,背在肩上。

走了一段路后,女巫贝亚不得不停下来小便,她放下口袋,躲到一丛灌木后。趁这会儿工夫,佩蒂·皮特用他老鼠似的小尖牙把绑口袋的绳子咬断,从口袋里钻了出来,又搬了块大石头塞进口袋里,逃走了。女巫贝亚回来后背起口袋继续往前走。

哎佩蒂·皮特,
你怎么这么沉!

她边走边说。到了家门口,她见门关着,就叫女儿:

玛吉·玛格!玛格丽特!
快来开门。
再帮我把锅架上,
我要煮佩蒂·皮特。

玛吉·玛格开了门,把一锅水放到火上。水烧开后,女巫贝亚打开口袋就往锅里倒。扑通!那块大石头砸穿了铁锅!滚烫的水花溅得到处都是,烫伤了女巫贝亚的腿。

  妈妈,这是何意,
  你为什么要拿石头煮汤?

玛吉·玛格哭着问。女巫贝亚强忍着疼痛爬起来,咬牙切齿地说:

  孩子,重新准备好锅,
  我一会儿就回来,
  这回会带个好东西。

她换了一套衣服,戴上一顶金色假发,背着那个口袋出了门。

佩蒂·皮特没去学校,还在梨树上玩。女巫贝亚乔装打扮了一番,心想这回佩蒂·皮特应该认不出她了,又走到树下对他喊:

  佩蒂·皮特,用你的小手摘个梨给我吃!
  我是认真的,别笑。
  我已经开始流口水啦,真的,真的!

但佩蒂·皮特认出了她,他不敢下去:

> 我不会听老女巫贝亚的话,
> 她要把我塞进口袋。

女巫贝亚安慰他:

> 你认错人啦,
> 我真的没骗你。
> 佩蒂·皮特,用你可爱的小手
> 摘个梨给我吃吧!

她连哄带骗,佩蒂·皮特终于从树上爬了下来,递给她一个梨。她一把将他塞进口袋。

走到那丛灌木附近时,她又要停下来小便。这次她把口袋绑得紧紧的,佩蒂·皮特怎么也咬不开。他灵机一动,开始学鹌鹑叫。一个猎人正带着狗在附近猎鸟,听到叫声走了过来,打开口袋一看,佩蒂·皮特跳了出来。他求猎人把狗放进口袋里。女巫贝亚回来了,背上口袋就走。那只狗在口袋里呜呜地叫,女巫贝亚说:

> 佩蒂·皮特,像只狗那样叫唤也没用,
> 谁也救不了你。

她到了家门口就开始大喊:

> 玛吉·玛格!玛格丽特!

快来开门。
再帮我把锅架上,
我要煮佩蒂·皮特。

但当她把袋子打开,狂怒的狗跳了出来,冲她的小腿狠狠咬了一口,冲进院子,狼吞虎咽地把她养的鸡全吃了。

妈妈,你疯了吗?
你竟然要吃狗?

玛吉·玛格大叫。女巫贝亚气疯了:

孩子,把锅重新准备好,
我这就回来。

她又换了一身衣服,戴上一顶红色假发,回到那棵梨树下。她又费了一番工夫把佩蒂·皮特骗进了口袋。这回她一次也没停下来,径直把口袋扛回了家,女儿就站在门口等她。

"先把他扔到鸡笼里,"女巫对女儿说,"明天早上我出门后,你把他剁碎了做成土豆泥。"

第二天早上,玛吉·玛格拿着刀和砧板走到鸡笼前,打开笼子上的小门:

佩蒂·皮特,我们玩个游戏,
把你的头放到这块板子上。

他回答说:

你先给我示范一下!

玛吉·玛格把脖子伸到砧板上,佩蒂·皮特捡起那把刀砍下她的脑袋,扔进了炒锅。

女巫贝亚回来后高兴地叫女儿:

玛格丽特,我亲爱的女儿,
这炒锅里装着什么呢?

"我!"佩蒂·皮特高高地坐在壁炉架上说。
"你怎么爬到那上边去的?"女巫贝亚问。
"我把几个锅垒了起来,然后就爬了上来。"
女巫贝亚听着连忙把几个锅垒了起来,但她爬到一半锅就倒了,她掉进壁炉里烧成了灰。

致谢

衷心感谢帕特·莱恩、琳达-梅·巴拉德、吉尔·莱德劳和我的兄弟艾米尔·侯赛因帮助我收集这些故事。感谢我的编辑鲁思·皮特里始终如一的支持,是她在我失去控制时为我把握方向,并让我深入接触到出版过程中的各方各面。感谢特雷莎·洛纳根毫无怨言地清理这本书产生的纸屑与垃圾,帮我保持整洁;感谢纳塔莉·布雷迪和菲利普·布里格斯影印了一些故事,让这本书迈出了第一步;感谢我的儿子蒙蒂毫无保留的批评——作为一个十岁的男孩,他提供了新鲜的视角和真诚的疑问;感谢我五岁的女儿萨米拉分享我对女巫的浓厚兴趣,她作为热情的听众,机敏地为我指出了重复啰唆的地方。感谢我的丈夫克里斯托弗·沙克尔,他为我提供了极为慷慨的帮助,几乎一手建起了一座完整的女巫图书馆。感谢我的挚友卡罗尔·托波尔斯基耐心地聆听我关于民间故事中的女巫形象的精神分析理论，并且同克里斯托弗一样给予了十分积极的回应。这本书离不开所有这些人的贡献。最后，感谢在各个阶段给予我鼓励的每一位朋友和同事。

注释

1. 魅惑的女人与上当的骑士

因陀罗瓦提与七姐妹

我复述了这个童年听到的故事。故事中有很多口语化表达、旁白和讲故事之人的惯用语,例如"她从空中俯瞰着森林与沙漠、河流与山峰……荒凉到不见阿丹的后裔",后半句提到了阿丹,反映出这个故事的穆斯林背景。这不奇怪,因为像这样的文化糅合在民间故事中的情况由来已久。

从严格意义上说,因陀罗瓦提的字面意思并非因陀罗的女儿——"瓦提"加在名字后面是宽泛地表示从属关系。但这些对于故事讲述者来说并不重要,他们很多甚至并不识字。因陀罗王是吠陀三相神的主神的一个变体,但在中世纪时,曾经的三相神逐渐被如今的"梵天—毗湿奴—湿婆"三相神所取代。印度教神明众多，不同派系与分支在印度教众神中崇拜的神各不相同，因此一个教派嘲笑另一个教派所崇拜的神明的现象很常见，甚至在宗教文本中也不例外。因陀罗——在普通民众的语言中则称为因德尔——常常以众神之王和好色形象出现在民间故事中。除了他以外，还有许多神明都被描述为热衷性事，民间传说用这种方式解释植物和动物等一切生命的繁衍。我小时候听到的故事多是纯洁的版本，在这个版本中，我冒昧补充上了小时候所听故事之下呼之欲出的关于性的部分。中世纪的印度教文学中不乏粗俗大胆的文字，尤其是黑天与已婚牧羊女拉达相会的场面。与世界各地传说相似的是，在印度的民间传说中，女巫常常拥有难以满足的欲望，因此在故事中描述七姐妹的好色应该合情合理。这种欲望也解释了她们渴望占据王子的动机——而这是我童年时怎么也无法理解的。

芬恩的疯狂

芬恩·麦克库尔是凯尔特传说中伟大的爱尔兰英雄。他由两位懂魔法的女性养大，一个教授他艺术与文化，另一个教授他战斗的技巧。在被"智慧之鲑"的汁液烫伤拇指指骨后，他获得了超乎常人的智慧（参见《生于魔鬼之锅》中的格威恩）。他率领五千名酋长和战士赢得了辉煌的业绩，在度过英雄的一生后进入身后世界沉入睡眠，等待最终的苏醒。因此，可以说他是一位受伤的神（耶稣基督原型），与被摩根勒菲带到阿瓦隆后等待复活的亚瑟王十分相似。

芬恩一生中遇到过多位懂魔法的女人。故事中黛安提到自己是达格达的后代，她属于图哈德达南族，是神族的一支，生活在青春不老之地提尔纳诺。（见《红发康拉与仙女》）

（《众神与战士》，格雷戈里夫人，爱尔兰，约翰·默里公司，1904，第231页）

水妖

安德鲁·朗格[1]将这一故事的起源地宽泛地描述为东欧地区，他认为这个故事最早的作者是克勒特克（用德语写成）。它可能源自匈牙利，但世界各地都流传着类似的故事。犹太人的版本甚至与巴尔·谢姆·托夫[2]扯上了关系，他无情地将一个男人的罪孽扔到水里[3]，水为了报复，决心在男人的儿子十三岁生日那天淹死这个男孩。但巴尔·谢姆·托夫见男人的妻子十分虔诚，提前警告了他们，水没能得逞。（《哈西迪经典故事》，梅耶·列文，多塞特出版社，1931）

水妖显然是一种生活在水中的女巫。这个故事里的野兔、蟾蜍和青蛙常常与女巫联系在一起，纺车也是常见的女巫元素之一。就像许多关于女巫的故事一

---

[1] 苏格兰著名文学家，以收集民间故事而闻名。
[2] 犹太教哈西德派创始人。
[3] 犹太教习俗，新年时人们会到流动的溪水或河水旁，把面包屑抛入水中，象征着抛弃自身的罪恶。

样,这个故事里女巫有好有坏,既有骗人的女妖又有善良的巫婆。

水妖与磨坊主的草率交易的母题可能源自原始人类的献祭仪式。

(《黄色童话》,安德鲁·朗格,伦敦,朗文格林公司,1894,第99页)

罗蕾莱水妖

这个水妖的形象显然源自希腊神话中的塞壬,但相较之下更为悲凉。这个故事里的水妖成了现代化的受害者,她们被迫流亡,失去了力量,这说明人们对于超自然生物的信仰在逐渐减少。早期人类很可能是出于对深不见底的水域的恐惧,才想象出水中的妖精与怪兽。从前,在许多文化中横渡大海是禁忌,后来人们对大海越来越熟悉,恐惧越来越少,故事中的水妖也就越来越弱小。

(《莱茵兰传说》,奥古斯特·安茨,凯瑟琳·卢拉瑟福德 译,波恩,威廉·斯托弗斯·费尔拉格出版社,新版,第23页)

红发康拉与仙女

这个故事由讲述者帕特·瑞安的磁带中转录而来,里面收录了他最喜欢的童话故事。故事最早可能出现在十九世纪,曾收录在怀尔德夫人的选集《爱尔兰古代传说、魔力与迷信》(1925)中。帕特从他姑姥姥凯瑟琳那儿听来的这个故事，他听到的版本里还有歌唱部分。著名音乐人和故事讲述者谢默斯·恩尼斯也讲过相似的版本。

我们应该都很熟悉这个故事中的仙女形象，例如济慈诗作《无情的妖女》所描绘的那般。骑士一旦与之邂逅便茶饭不思，要么随她而去，要么郁郁而终。这种魅惑的形象源自凯尔特传说，在英国浪漫主义作品中得到复兴。波斯和印度童话中也不乏类似形象，仙女们甚至会掳走她们爱上的男人。故事中的苹果与凯尔特文化中地下世界的银树枝有关。

（《古代英国与爱尔兰童话》磁带，帕特·瑞安，伦敦，示巴音效公司，1985）

高文爵士的婚礼

谜语原本的答案是"主权"，后来被诠释成每个女人主宰自身的命运。在凯尔特传说中，丑老太婆被年轻男人亲吻后变成美少女的情节很常见。这里包含有丰富的寓意，包括直面丑恶、不因外表评判他人、爱的力量等等。这里的巫婆是失落的不列颠女神，"主权女神"，也被称为"讨人嫌女士"，她会考验年轻的骑士，判断他们是否有资格成为国王。只有能够接受她可怕的一面，才能经受作为统治者可能面临的磨难。凯莉·波尔、摩根和摩莉甘都有这样的一面，不过她们不是受人诅咒才变成这样，而是出于自身的意愿。有人认为"讨人嫌女士"与人类对日月的想象有关，女巫传说总是与月亮的圆缺联系在一起。

（《高文爵士传奇》，尼尔·菲利普斯，伦敦，比弗出版社，1989，第40页）

2. 睿智的妇人

爱你胜过爱盐

这个罕见的灰姑娘故事的变体由苏格兰著名的故事讲述者邓肯·威廉森口述，他的妻子琳达·威廉森博士誊写。邓肯认为，流浪民族的故事并不热衷于女巫，所以他很少在故事中用到女巫这个词。这篇故事中，他一开始也只是将女巫描述为一位老婆婆。他讲述的其他民间故事中，女巫也常常被其他说法替代，例如养鸡妇、养鸟人或是懂魔法的女人。其他文化中也有类似现象。例如凯尔特人不会直接说仙族，而称他们为"善族"，布列塔尼人则管仙女叫"小教母"。

在大多数芭芭雅嘎和霍勒妈妈的变体故事中，女主人公会发现服务女巫——照顾她们的起居或善待她们的动物——能带来回报，但同时这些女巫身上始终保有神秘、可怕的一面。这个故事中的林中女巫无疑是个善良的助人者，她可能是广为流传的夏尔·佩罗版本的灰姑娘故事中仙女教母的原型之一。仙女教母这个角色此前只在吉姆巴地斯达·巴西耳所著的意大利童话集《五日谈》中出现过，那个版本中仙女是从一棵树中钻出来的。由于女巫早已被教会污名化，因此为仙女加上教母能使这一角色更易为人接受。同时教母（Godmother）与好母亲（Good mother）发音也很接近，后者在异教语境中与仙子和母亲神的联系再次开始起作用。母亲形象在灰姑娘故事的变体中一直占据着重要地位，常见情节有母亲的坟墓中长出了一棵树，或是死去的母亲通过某种方式与女儿交流并帮助她。

这个版本的故事更为现实。被驱逐的公主并不是直接就得到魔法的帮助，而是被老婆婆收留。公主变成一个脏兮兮的乞丐其实是一种伪装。故事里的唯一魔法是让盐消失——一种奇怪的自然奇迹。盐在童话中具有重要意义，它是能够抵御魔咒的护身符。过去人们用盐来保护婴儿，他们相信盐能够驱逐吃小孩的恶魔、偷东西的精灵等等，因为这些怪物都不吃盐。而在炼金术中，盐是排在硫与水银之后第三种主要物质，据说它能充当稳定剂，防止其他元素挥发。这个故事中，失而复得的盐无疑把高傲的老国王拉回了现实。

（《给我讲一个圣诞故事》，邓肯·威廉森，爱丁堡，卡农盖特出版社，1987，第80页）

商人、老妪与国王的故事

这个故事来自著名的阿拉伯民间故事集《一千零一夜》，由理查德·伯顿翻译。伯顿认为这是第八夜的故事。这个故事不符合当时的道德标准，因此只收录在《一千零一夜》的补充篇中，仅供私人传阅。故事中的老妪谁也难不倒，要么是拥有超自然的力量，要么是具有非凡的智慧。

(《一千零一夜》,卷一,理查德·伯顿爵士 译,伦敦,伯顿出版社,1886,第235页)

四件礼物

故事里的两位女性分别扮演了坏母亲与好母亲的角色——一个是贪得无厌的女监工,一个是耐心的向导与保护者,让蒂凡尼从自己的选择中吸取教训。蒂凡尼渴望拥有的那些东西与女巫何其相似:异性的爱慕、惊人的美貌、智慧与独立。但她最后发现一个"贫穷的农家姑娘"无法掌控这些。故事结尾,安德鲁·朗格借蒂凡尼之口强调了传统的父权制观念:"我只想当一个贫穷的农家姑娘,为我爱的人努力干活儿。"

而仙女回答她说:"看来你得到教训了,现在,你将与你所爱的男人结婚,过上平静的生活。"

即便故事最后提到德尼变成了勤劳的丈夫,我们仍会替蒂凡尼感到不值。

这个故事与《醋瓶中的老婆婆》有些相似,那个故事中老婆婆得到一条鱼的恩惠,但最终也是回到原点,但她在道德上得到了完善。

(《淡紫色童话》,安德鲁·朗格,伦敦,朗文格林公司,1910,第299页)

哈贝特洛特

在很多童话故事中,主角的诡计会得到奖励,这个故事就是其中之一。一个懒惰的纺织工在一群姐妹的暗中帮助下过上了好日子。老哈贝特洛特不求任何回报，在挪威类似的故事《三个婶婶》中，仙子也只要求女孩认她们当婶婶。这两个故事中，少女通过承认她们与这些又老又丑的女性的关系而解救了自己，暗示女性要勇于承认自身软弱与丑陋的一面，正如承认自身优秀的一面。纺纱在很长时间里一直被视为女性的责任。这是一项充满创造力与想象力的活动，同时与权力和控制的概念联系在一起，因此纺车常被视为命运的象征。据说很多与纺车有关的故事是由女性创作出来的。也许这些故事反驳了男性对女性的苛刻要求：既要勤劳顺从又要美丽温柔。男人必须做出选择，到底想要一位美丽但娇惯的妻子还是一位勤劳但丑陋的妻子。

凯特·布里格斯记录了流传于英格兰东部的一个纺纱精灵故事的续集（收录于《吉卜赛女人——英国民间故事与传奇》）。纺纱精灵死后，王后再次面临被迫纺纱的困境。一个吉卜赛女人答应帮助王后，作为回报王后要把自己最好的裙子给她，并邀请她参加宴会。她盛装出席宴会，用黑色油渍弄脏了其他宾客的衣服，说都怪自己终日纺纱，手指上沾染了永远洗不掉的油渍。懒惰的王后这才再次逃过一劫。

（《仙女词典》，凯特·布里格斯，伦敦，企鹅出版社，1979，第213页）

灾星

这个故事中拥有强大意志力的女主人公听从了奶妈的建议，通过滋养自己的命运之神改变了自身命运。故事里的两位命运之神对比强烈——一位美丽善良，一位丑陋可怕，而两位母亲角色——消极的王后与积极的奶妈——同样形成反差。

这种母题最早出现在苏美尔神话中，冥府女王埃列什基伽勒（一个德墨忒尔式人物）杀死妹妹伊南娜并把她穿到肉钩上之后痛苦不已。她们的祖父派了两个生物去模仿埃列什基伽勒痛苦的呻吟，她被它们的同理心打动，同意让妹妹复活。

(《诅咒与魔法之书》，鲁思·曼宁斯-桑德斯，伦敦，磁石出版社，1979，第16页)

比迪·厄尔利的飞行魔法

这是关于比迪·厄尔利的众多传说之一。比迪1798年出生在法哈，后来常年生活在克莱尔郡的基尔巴仑。她擅长治病，敢于反抗权威，是克莱尔郡有名的聪明女人。格雷戈里夫人早就预言比迪会被杜撰成很多魔法故事的主角。埃迪·勒尼汉认为："传说中的比迪替那些被压迫的农民做了他们不敢做的事，例如站出来反抗警察和地主，或教训神父。"他还说："比迪本是一个真实的、有血有肉的人物，但随着她的传说广泛流传，她可能就变成了一个半神话般的角色。"

她慷慨助人，不求回报。大家都认为她是个女巫，不过是善良的那种。埃迪·勒尼汉在研究中发现，直到二十世纪八十年代人们都不敢随意谈论比迪，似乎相信她死后仍然具有魔力。

勒尼汉强调不要从字面意义上解读这个故事，比迪不是江湖骗子，"飞"也不是指真正意义上的飞行。

(《寻找比迪·厄尔利》，埃德蒙·勒尼汉，都柏林，默西埃出版社，1987，第45页)

3. 恋爱的女巫：嫉妒的情人与忠诚的妻子

摩莉甘

摩莉甘名字的含义为"伟大的女王"。她是古代爱尔兰三重女战神，即马卡－奈曼－巴布。战鸦是她的图腾。她会飞，能变形，具有治愈力，与亚瑟王传说中的摩根勒菲和《马比诺吉昂》[①]中的莫德朗女神非常相似，具有主宰自身命运的强烈意愿。(见《高文爵士的婚礼》一篇的注释。)正是出于这种意愿，她前来会见库丘林，并对他发起挑战。库丘林是阿尔斯特国王的战士、阿尔斯特传说中的英雄，与亚瑟王传奇中的高文爵士地位相当。在这个故事中，由于他的手下全部受到马卡的诅咒失去战斗力，他不得不依靠神枪"盖尔博格"以一己之力对抗康诺特的梅芙女王，保

---

① 中世纪威尔士散文故事集。

卫了阿尔斯特国。梅芙女王是阿尔斯特国王的死对头，她为了抢夺一头公牛挑起了这一系列战斗。库丘林最终赢得了这场战役，但没能通过摩莉甘让他获得王权的考验。

(《穆瑟尼的库丘林》，格雷戈里夫人，伦敦，约翰·默里公司，1902，第211页）

画皮

中国清代小说家蒲松龄1679年完成的短篇小说集《聊斋志异》可谓是中国版《一千零一夜》。

《画皮》中的女妖想要吸取王生的元气，从而变成人。妖怪撕开人胸膛的残忍情节与《阿里斯托梅尼的故事》有几分相似。但在这类故事中妖怪最终往往会败给道士和神父。

(《聊斋志异》，赫伯特·A.贾尔斯译，剑桥，剑桥大学出版社，1908，第47页）

莉莉斯与一根草

犹太经典著作如《光辉之书》和《米德拉什》中不乏莉莉斯的身影。她是亚当的第一个伴侣，对于交合时不得不处于他身下感到不满。因此，她被驱逐到地球上，远离自己的孩子。出于愤怒和报复，她发誓要杀死所有新生儿。她与各种怪物交媾，每天生下无数小魔鬼。她追求独立的行为被妖魔化，据称她会与睡梦中的男性交欢，导致男性梦遗。这个故事中她也是以魅魔和夜女巫的形象出现。

(《犹太民间故事》, 平哈斯·萨德, 希勒尔·霍尔金译, 伦敦, 柯林斯出版社, 1990, 第80页)

月亮之女, 太阳之子

在希腊神话中, 月亮女神狄安娜也是女巫的守护神。月亮常与夜间生物联系在一起, 其中就包括女巫。故事中的尼基娅是月亮之女, 我们也可以把她看作某种女巫。托斯卡纳地区有个古老的传说, 狄安娜派她的女儿阿拉迪亚(希律迪亚丝的变体)来到人间运用巫术, 成为第一个女巫。这则传说收录在十九世纪民俗学家查尔斯·戈弗雷·利兰翻译出版的《阿拉迪亚: 女巫福音书》中, 据称这些故事源自一位真正的女巫玛达莱娜。尼基娅与阿拉迪亚似乎有着相同的出身, 尽管经历与功能有所不同。与尼基娅一样, 阿拉迪亚完成在人间的任务后也回归了母亲的怀抱。

詹姆斯·赖尔登在引言中描述了西伯利亚部落艰苦的生活, 很多儿童七八岁就要开始劳作谋生, 夜晚围坐在篝火旁听故事是他们唯一的娱乐与学习的方式。最早开始收集西伯利亚民间故事的是十九世纪中期的政治流放犯。

(《西伯利亚民间故事, 旭日与新月》, 詹姆斯·赖尔登, 爱丁堡, 卡农盖特出版社, 1989, 第202页)

爱狐

日本有许多关于狐仙与犬仙的传说，据说他们会聚集在为他们提供保护的人家，并报答他们的主人，其中包括许多巫师。这则故事中的狐仙为爱她的男子牺牲了生命，又因此得到救赎升入天堂。本书第六章中的《拉根夫人》讲了一个英国女巫尝试获得救赎的故事。通常这类美貌女巫迷惑男人是为了夺取他的生命力或是奴役对方，这个美丽的故事完全颠覆了这一概念。

（《柳田国男的日本昔话》，范妮·哈金·迈耶 编译，布卢明顿，印第安纳大学出版社，1948）

阿里斯托梅尼的故事

色萨利地区一直以其法力强大的女巫而闻名，例如著名的色萨利巫婆艾利克托（见卢坎的《法沙利亚》）。这个故事里两位邪恶的女巫梅罗伊（象征醉态）和帕西娅（象征女神）把复仇的任务变成了一场狂欢。

故事以吓人却幽默的方式提到阉割，这是男性心中最原始的恐惧，他们担心一旦失去生殖能力便一无是处，只能沦为女性——尤其是年长女性——的奴隶。从象征意义上说，梅罗伊强大的法力的确足以威胁男性。荣格心理学继承者玛丽-路薏丝·冯·法兰兹在《阿普列尤斯的金驴记》一书中指出阿普列尤斯与《金驴记》主人公路鸠士的相似性。她认为阿普列尤斯具有恋母情结，而母亲的占有欲与控制欲从某种意义上看就是对男性的阉割。

(《金驴记》，阿普列尤斯，罗伯特·格雷夫斯译，伦敦，企鹅出版社，1960，第 30 页)

阿拉与巫婆

在欧洲童话中，如果一个年轻男子答应帮助一个女巫，他的骑士精神往往会得到回报，例如迪尔姆德[①]、讨人嫌女士或凯莉·波尔的故事。但这个故事中的巫婆是彻头彻尾的恶人，一心想要夺取阿拉的生命。

(《刚果民间故事》，简·克纳佩特，伦敦，海涅曼教育出版社，1987，第 24 页)

王后的戒指

又一个纺纱的女巫。这个故事是《青蛙王子》的变形。老巫婆变身美少女的情节在女巫故事中十分常见。

(《诅咒与魔法之书》，鲁思·曼宁－桑德斯，伦敦，磁石出版社，1979，第 36 页)

4. 变形记

老妇的笑脸

这个女巫显然是在保护水中生物，她只杀猎人。

[①] 爱尔兰传说中费奥纳勇士团的成员之一。

(《日本民间故事》，罗亚尔·泰勒，纽约，万神殿出版社，1987，第297页）

红发女人

又一个芬恩邂逅希族仙女的故事。在爱尔兰神话中，费尔博格族是一群长相奇特的巨人，他们是爱尔兰的第一批居民，后来被达南神族赶出了家园。红发女人用费尔博格族的威力来吓芬恩，声称能为他提供庇护。芬恩拒绝后，她又猎到了芬恩没能捉住的猎物。但芬恩拒绝吃仙女碰过的食物，从而逃脱了可能的魔咒。

(《众神与战士》，格雷戈里夫人，爱尔兰，约翰·默里公司，1904，第234页）

把丈夫变成蛇的女人

凯尔特传奇中也有能为人类提供神奇力量的魔法石，石头有时还是仙子住的地方。（见《哈贝特洛特》。）

(《科奇蒂原住民的民间传说》，史密森尼学会美国民族学局期刊98，鲁思·本尼迪克，华盛顿，史密森尼学会，1934，第96页）

田螺姑娘

据说这个故事来自诗人陶渊明（约365–427），是最早的凡人娶仙女的故事之一。在东方，尤其在日本，这类故事中的动物通常是大龙和大蛇，而欧洲的传说中常常是美人鱼（在不列颠群岛的传说中则还有海豹)。世界各地的传说中还有鸟类和其他动物嫁给人类的例子,而水中生物似乎是最常见的。印度史诗《摩诃婆罗多》中,恒河女神就嫁给了国王。所有这些故事里都有相似的禁忌,例如不能透露妻子的身份或不能追问妻子的行为。一旦男性打破禁忌,妻子便会抛夫弃子消失,回到自己的国度。在爱尔兰传说中,有美人鱼和海豹新娘因为原来的皮肤被丈夫藏了起来而不得不留在他身边,一旦找到,她们就会回到水里。

(《酸甜中国故事》,卡罗尔·肯德尔 和 李耀文,伦敦,博德利出版社,1978,第66页)

男孩与野兔

故事由托马斯·塞西尔口头讲述,爱尔兰阿尔斯特民俗与交通博物馆收录。这个故事中强烈而现实的感觉是爱尔兰和英国的女巫变身故事所特有的。这类故事常常源自农村生活中的烦恼,例如奶牛忽然不产奶了,原来是女巫变成的野兔在夜里吸光了奶牛的奶。女巫会变成野兔以娱乐或获利,在这个故事中则是为了好玩的竞争。某些情况下,女巫随后会变成一只敏捷的黑狗以获得优势。大部分这类故事中,变成动物的女巫都会不幸受伤,例如中枪或摔坏腿脚,恢复原形后伤口也没能痊愈,就这样暴露了女巫的身份。萨默塞特郡流传的波普奶奶与女儿克西的故事就有类似情节。

这个故事的独特之处在于它是从小男孩的视角展开的。幸好淘气的奶奶毫发无伤地回到了家里,男孩也保持了镇定，只有猎人受到了嘲弄。这个主题与当今的动物保护和环境保护思潮不谋而合。

（托马斯·塞西尔，"故事讲述者"，阿尔斯特，阿尔斯特民俗与交通博物馆，1979年磁带）

罗兰

这是一个经典的变形故事，与《魔鬼的女儿》一样，都是一对恋人通过变形来逃脱坏人的追捕。这类故事的女主角常常是魔鬼或女巫的女儿，她会使用父母的魔法道具帮助恋人逃脱。三滴血往往具有强大的魔力，圣经中亚伯滴在地上的血就会说话。血还是生命的象征，与魔鬼做交易时常常会用到血。故事里的女孩掌握了魔法，让血为自己所用，暗示女性自身具有魔力，在必要时就能唤醒。

故事里还有"真正的新娘"这一童话母题，即王子在婚礼当天认出并迎娶真爱。

（《格林童话》，伦敦，钱塞勒出版社，1989，第263页）

蛇妻

这个故事与《爱狐》一样，都是女妖为了人类做出巨大牺牲，最终获得救赎的故事。故事里的女妖最后完全变成了人——这是妖怪所能得到的最好回报。

（《柳田国男的日本昔话》，范妮·哈金·迈耶 编译，布卢明顿，印第安纳大学出版社，1948，第35页）

树林里的老妇人

在童话故事中,当女主人公站出来对抗女巫时,女巫常常会失去法力。从精神分析的角度看,这象征着我们对抗内心黑暗面(用荣格的话说即"阴影")的决心。一旦承认了自身的阴暗面,女性便能得到解放,自由地去追求自身的命运。根据荣格的理论,这代表了三个重要步骤——直面阴影(潜意识中的黑暗面),整合每个人身上同时具有的两种性别的特质,最终实现理想的完整自我。故事里王子与姑娘结婚就是这个完整自我的象征。宝石与戒指在荣格的炼金术理论中也象征着真正的、更好的自我。只有接受了自身的全部,一个人才能感到完整。童话故事中救赎者往往是女性,这个故事中也是姑娘解救了王子。

(《格林童话》,伦敦,钱塞勒出版社,1989,第28页)

豹女

这个故事以幽默的方式强调了男女分工:男性是猎人,而女性负责种植与收割庄稼。故事中会变形的女性显然能够兼任这两个角色,结果男性反而变得比婴儿还胆小没用。

(《非洲民间故事》,罗杰·亚伯拉罕斯,纽约,众神殿出版社,1983,第148页)

三个老太婆

这个诙谐的故事展现了欢笑的力量。

(《意大利童话》,伊塔洛·卡尔维诺,纽约,哈考特·布雷斯·乔凡诺维奇出版社,1980,第80页)

5.四季万物的守护者

第一批人类与第一根玉米

一位佩诺布斯科特族原住民最早在1893年记录了这个故事。美国缅因州和加拿大新斯科舍省也流传着类似的故事。这个传说解释了烟草和玉米的起源。希腊神话中丰收女神德墨忒尔的象征就是玉米穗。与德墨忒尔一样,故事中的大母神也为后代的不幸而悲伤。最后的仪式让人想起圣餐礼。这位母亲像耶稣一样为人类牺牲了自己的生命,这种行为在母神中十分罕见。

关于玉米女神的传说有许多版本,从一位长生不老的老妇人到九个玉米少女。她们慷慨地赠予人类玉米,但如果人类不心怀感激她们就会消失,这能解释歉收与饥荒现象。英国东部和德国也流传着玉米妈妈的故事。

(《佩诺布斯科特人:缅因州一个丛林部落的生活历史》,弗兰克·G.斯佩克,费城,宾夕法尼亚大学出版社,1940,第330页)

火女神

从北美原住民到南太平洋部落，很多民间传说中都有火女神这一形象。这个古老的故事虽然没有直接讲述火的起源，但将一个老巫婆与火联系在一起。

在天寒地冻的西伯利亚，人类为了活下去不得不做出牺牲，与火女神达成和解。火是维持生命不可或缺的自然元素，因此火的守护神要求得到人类的尊重。

（《西伯利亚民间故事，旭日与新月》，詹姆斯·赖尔登，爱丁堡，卡农盖特出版社，1989，第181页）

阿南西和秘密花园

身穿红衣的女巫象征着女性的繁衍能力与生理周期，后者是女巫传说中的一个重要元素。阿南西的故事起源于非洲，在世界各地广为流传。这个诡计多端的角色好坏参半，既有创造力又有破坏力，既高尚又卑鄙。在这个故事中，他出于贪婪而破坏了美好的事物，毁掉了自然女神的领地，自己也一无所获。

（《蜘蛛人阿南西》，詹姆斯·贝里，伦敦，沃克出版社，纽约，亨利·霍尔特公司，1988，第39页）

约翰尼，把刀拔掉

这篇小故事节选自一篇关于海豹的文章，提醒人们海洋的危险，强调人类必须尊重海洋。

（《拉斯林岛的海豹故事与信仰》，琳达-梅·巴拉

德，托马斯·塞西尔，"故事讲述者"，《阿尔斯特民俗生活》，卷29，1983，第40页）

雪女儿与火儿子

这个故事的主题是季节，四季特征分明，无法改变（另见《凯莉·波尔》）。冬天（雪）与夏天（太阳）相克。（据安德鲁·朗格记载，这个故事来自冯·威里奥洛奇的《布科维纳传说与传奇》。）故事中另一个常见母题是主人公的愿望得以实现。（参见在世界各地流传的《白雪公主》之类的故事。）雪与太阳的母亲可能就是自然女神，所以她在世时两个孩子才没毁灭对方。

（《黄色童话》，安德鲁·朗格，伦敦，朗文格林公司，1894，第206页）

霍勒妈妈

这个故事来自《格林童话》，又是一个好女孩与一个坏女孩的熟悉组合。在最初的版本中，两个女孩是同一个母亲所生（事实上，很多关于残忍母亲的故事在最初的版本中都是如此，包括《白雪公主》），后来被格林兄弟改成了继母，向孩子——尤其是女孩——灌输偏见。故事中还有许多其他情节也在向儿童灌输某种社会观念。例如，纺纱在当时被视为适于女性的消遣活动，尤其是贫穷女性。《格林童话》中，会纺纱的女主人公往往具有勤劳、无私、贫困（情感上和物质上）的特点。好在另一类截然不同的女主人公也存续下来——懒惰却足智多谋的纺纱女，她们没有回报就不干活，为了逃避纺纱不惜撒一些小谎，与"纺纱精灵"系列故事中的女主人公十分相似。这类主人公在其他题材的童话中也很常见。例如英国童话《长皮包》中，女孩为了挣钱成了女巫的帮手，一天她发现一个装满金子的皮包，决心携包逃走，她一路被女巫追赶，但许多她曾经施以援手的生灵都来帮助她。另一个英国童话《绿夫人》中，勤劳的女孩发现女主人与幽灵跳舞，为保护主人她不惜撒谎，因为保守了这个秘密而得到主人重赏。格林兄弟在《霍勒妈妈》的注释中记录了这个故事的另一个版本，其中女孩向她遇到的各种生物和物品提出了种种要求，但他们选择（或者是创作）了这个删减版，让故事更符合他们心目中女性的理想形象。

几乎所有童话故事中，女主人公都有美丽的外表，从而交上好运，或许美貌象征着女孩美丽的心灵。因为在更古老的原始传说中，女主人公往往是因为心地善良而得到回报。随着故事的发展，女主人公情感与物质上的匮乏也会得到足够的补偿。一个美丽而贫穷的女孩是绝对可靠的。在《霍勒妈妈》中，女孩不小心闯入了自然女神的王国，那里四季常青，宛若天堂，《芭芭雅嘎》中也有类似情节。女神不但没有惩罚贸然闯入的她，最后还给她重赏。而她妹妹贪婪又不听话，破坏了天气规律，因此遭到惩罚。《格林童话》中的另一则故事《特露德妈妈》中，女巫把大胆的女孩变成了一块木柴,拿来烧火取暖。这个故事中坏女孩得到的惩罚是浑身盖满了沥青,我认为这是受到了基督教文化的影响。

值得一提的是这个故事中自然女神的形象十分仁慈,她造出的雪也是柔软飘逸、造福于人的。这与大量童话中象征凛冬的女巫可怕的形象截然相反,例如《雪皇后》《凯莉·波尔》《黑安妮丝》等等。

(《红色童话》,安德鲁·朗格,伦敦,朗文格林公司,1890,第303页)

6. 女巫工具包:大锅、扫帚与魔鬼之约

去斯凯岛!

邓肯·威廉森在故事的开头说,他四岁时第一次从父亲那儿听到这个故事。流浪民族用自己的方式讲述了这个源自苏格兰高地的故事。

故事中的女巫往往能通过咒语获得飞行能力,这个故事中女巫用帽子取代了扫帚(在《女巫的安息日》中则是用到了酿酒桶)。两位老妇显然是出于对哥哥的怀念,救了杰克的命。玛吉对杰克声称一切都是梦,同时又透露她们的哥哥死前做了相同的梦,隐约有种警告的意味。杰克知道一切并非做梦,但也同意保持沉默,双方心照不宣。女巫与发现她们秘密的凡人结成同盟的情节并不罕见。在某个版本的故事中,芭芭雅嘎曾称赞小姑娘瓦希丽莎不乱打听屋子里的秘密。

英国童话《绿夫人》中的女孩曾为与幽灵跳舞的女主人保守秘密。在奥地利童话《黑女人》中,女仆也曾矢口否认女巫在洗去自己的罪恶时逐渐变白,从而得到了奖赏。

(《渔夫与精灵》,邓肯和琳达·威廉森,剑桥,剑桥大学出版社,1991,第73页)

生于魔鬼之锅

约翰和凯特琳·马修斯把凯莉德温比作灵感女神(《英国和爱尔兰神话导览》),还把她与凯莉·波尔相提并论。人们常常用魔鬼的绰号来称呼她,提到她便会想到她的魔法之锅。这个故事表现了她强大的变形能力和强烈的报复心。格威恩的重生于她其实是一次悲惨的经历,再次证明了神的公义高于个人情感。凯莉德温不是一个受人喜爱的形象,人们对她更多是尊敬和害怕,可能因为她相貌丑陋,报复心强。据说她巨大的阴部直垂到膝盖,而她的大锅是重生与人祭的双重象征。约翰·马修斯在《塔利辛:萨满教和不列颠与爱尔兰的吟游诗人传说》一书中写道,尽管没有文本记载,但有很多威尔士人称她为女巫或巫师。

(《塔利辛之歌》,约翰·马修斯,伦敦,水瓶出版社,1991,第25页)

女巫的安息日

这则故事反映了中世纪教会眼中的女巫,正是这一视角导致了那场可怕的猎巫运动。当时人们认为女巫是魔鬼的追随者、基督教的敌人。而人们只要提到魔鬼的名字就可能遭到污染，哪怕像故事中的女孩一样只是不小心说漏嘴。长着角和羊蹄的魔鬼形象可能接近巫术之神，也可能源自潘神。

（《挪威民间故事》，雷达尔·克里斯蒂安森 编辑，帕特·肖·伊韦尔森 译，芝加哥，芝加哥大学出版社，1964，第36页）

桦木扫帚

这个神奇的故事来自亚历克·斯图尔特。帕迪的妻子与神父轻松的对话表明她应当不是鬼魂或女巫，但她通过某种超自然力量从女巫那儿夺回了自己的身体。又或许故事是在暗示女巫并不是反基督教的，而只是早于基督教的一种原始信仰。

（《黑魔法国王及其他故事》，希拉·道格拉斯编辑，阿伯丁，阿伯丁大学出版社，1987，第33页）

扫帚很忙

这个谜一般的故事表现了算命女人这一神秘形象。奥卓和博基朴素的理念具有宿命论的意味。

（《加勒比传说：倒霉的衬衫》，保莱·巴顿，霍华德·A.诺曼 译，华盛顿，灰狼出版社，1982，第57页）

长角的女人

这是一个经典的女巫故事,氛围阴森恐怖,充满传统的女巫元素:纺车、魔咒和闯入普通人家的恶行。她们头上的角象征着新月,暗示了女巫与月亮的关系。十三也是典型的女巫聚会的人数。

(《爱尔兰古代传说、魔力与迷信》,怀尔德夫人,伦敦,查托与温达斯出版社,1925,第10页)

拉根夫人

这个故事包含四个独立情节:猫女巫与猎巫者之间的两场较量、猎人揭露女巫的身份,以及女巫的灵魂试图逃离魔鬼寻求救赎。

(《九条命》,凯瑟琳·布里格斯,伦敦,劳特利奇与基根·保罗有限公司,1980,第84页)

芭芭雅嘎

大名鼎鼎的芭芭雅嘎有许多传说,这个故事突出了她的两面性,简短有力地表现了她因人而异的态度。与《格林童话》中的霍勒妈妈一样,她惩恶扬善。勤劳善良会得到回报,缺少敬畏之心则会受到惩罚,这种行为与异教诸神和一神教中的神如出一辙。很多元素表明芭芭雅嘎是一位自然女神,例如她的研钵和捣杵都是德墨忒尔常用的工具。

在英国人们也常常管女巫叫"细长腿"。

(《俄国民间故事》,亚历山大·阿法纳西耶夫,纽

约，万神殿出版社，1973，第194页）

7. 饥饿的女巫：食人者与吸血鬼

维克拉姆与荼吉尼

我根据记忆复述了这个故事。维克拉姆国王经常出现在印度神话故事中，他可能是伟大的国王维克拉姆蒂亚一世（公元前57年）和《故事海》（十二世纪早期）一书中的国王的合体。《故事海》讲述了包括《维克拉姆与吸血鬼》在内的二十五个以国王为主角的故事，有多个英语译本。

所有的故事讲述者在讲故事时都会时不时离题，尤其讲到像维克拉姆和迦梨这样有丰富历史与神话传说基础的角色时。他们还会加入自己的想法，评价这些人物的性格和道德，或是补充背景信息。他们提供的信息不一定准确，但能够提供有趣的见解。比方说，刹帝利（也称"拉杰普特人"）并非都是国王，尽管它包括军事贵族阶层。

故事讲述者还常常故意漏掉一些恐怖、血腥或色情的情节。他们会点到为止，引导听众发挥想象力，自行补充那些情节。我经常在讲故事时补上我童年的想象——神话故事往往有很大的发挥空间，有时是黑暗的，有时又是好笑的，但所有元素都离不开故事源头的文化。

迦梨女神在西方世界也很有名。中世纪的《迦梨往世书》中就讲述了她阴道的强大能力，以及她与湿婆的"交锋"。故事中血腥的部分提醒我们她是杀死魔鬼的女战神，也是女巫和女魔鬼的保护神。

鹰婆婆

这个包含生殖元素的神话来自澳大利亚北领地的罗珀河一带。女巫的原型可能是当地传说中的大地女神库纳皮皮，她会吞食和吐出年轻男子，象征着收获与重生。这个故事有不少版本，有的版本是失踪男孩的父亲们来寻找男孩，杀了女巫，接管了她的仪式。人们将农耕中的播种与收割比作一位老年女性吞食与反刍男孩，女神由此被妖魔化成强大的捕食者，而杀了她的男人就能获得她的力量。这种对生育仪式以及传统女神形象的扭曲出现在绝大部分神话中，是父权制对女性权力的争夺与贬损。大地生生不息，而人类的寿命有限，因此女性的生育能力让很多男性感受到威胁。很多神话都流露了类似情感，例如现存最早的神话——苏美尔神话——中就出现了这些母题：强大的女神被囚禁在地下世界，而她的兄弟寻求永生。

（《原始神话与传说》，罗兰·鲁滨逊，墨尔本，太阳出版社，1968，第131页）

两个孩子和女巫

这个故事是《糖果屋》的变形。抛弃孩子的母亲、吃人的女巫和机智的孩子全都如出一辙，但这个故事最后孩子们占有了女巫的家。在与孩子的交锋中，女巫往往表现得十分愚蠢。

(《葡萄牙民间故事》，孔西列里·佩德罗索，恩里克塔·蒙泰罗 译，伦敦，民俗学会，1882，第59页)

心上女巫

这个故事中的巫师与《巫医的建议》中的巫医有所不同，后者是指能够控制行巫者的人。与欧扎克人的传统一样，新人必须杀死一个家人才能成为巫师。在这两个地方，这些巫师都组成了自己的小团体，秘密行使巫术。

(《刚果民间故事》，简·克纳佩特，伦敦，海涅曼教育出版社，1987，第61页)

诅咒

故事里的矮人是一种专门袭击产妇的侏儒妖怪，她们会扯出产妇的肝脏，勒死她和刚出生的孩子，或是偷走人类的孩子，替换成丑陋的低能儿。她们还是流产与不育的罪魁祸首。(参见《乔舒亚拉比与女巫》。)

世界各地的女巫都喜食人类肝脏和心脏。

(《一百个美国传说》，苏西·霍嘉西-维拉，底特律，韦恩大学出版社，1966，第352页)

两个孩子和一个女巫

很多童话故事里，孩子都会被怪物或大灰狼等可怕的生物吃掉，然后被人从怪物的胃里救出来。这个故事里母亲勇敢地直面女巫，并最终战胜了女巫。

（来源不明）

水鬼

编辑指出，传说中各种各样的水鬼都能与男性结合，但就像童话中那些仙女新娘，她们接近伴侣时往往会隐藏自己的身份。这个故事中，男主人公显然认为女鬼是要杀死他。

（《埃及民间传说》，哈桑·埃尔-沙米，芝加哥，芝加哥大学出版社，1938，第180页）

8. 审判与抗争

被诅咒的搅拌桶

这家人被女巫缠上后实施的措施十分有效，让女巫痛苦不堪。问题解决后他们原谅了女巫，但女巫却没这么宽宏大量。

（《爱尔兰凯尔特传说》，帕特里克·肯尼迪，伦敦，麦克米伦出版社，1891，第135页）

乔舒亚拉比与女巫

根据作者脚注，这个故事源自公元五世纪左右的巴比伦地区。在强调道德约束的宗教文化中，神父似乎总是能够战胜女巫。这其实反映了父权与母权、一神论与异教信仰之间古老的较量。这些故事大都是站在一神论神职人员的视角讲述的,以此减轻信徒心中的恐惧。这与比迪·厄尔利和神父之间的交锋大相径庭。

(《犹太民间故事传说》,大卫·戈尔茨坦,伦敦,哈姆林出版社,1980)

巫医的建议

女巫半夜把男人当坐骑的情节在斯堪的纳维亚和不列颠群岛的传说中十分常见。女巫常常是把男人变成一匹马,骑着他去赴与魔鬼的约会。这里显然具有性暗示。男人醒来后往往精疲力竭,有时身上还有伤痕,但对夜里发生的事毫无记忆。不过他们最后总能找到方式复仇,揭发女巫。这个故事的独特与有趣之处在于结尾的反转,将故事的母题与噩梦的概念联系在一起,将一切解释为一场噩梦,有利于家庭的和谐。

(《欧扎克人的迷信》,万斯·伦道夫,纽约,哥伦比亚大学出版社,1947,第279页)

七王后之子

这又是一个女性拯救男主人公的故事。

(《印度童话》,约瑟夫·雅各布斯,伦敦,康斯特布尔公司,1892,第115页)

凯莉·波尔

我转述了这个来自斯凯岛的令人愉悦的故事，它解释了库丘林山的起源，以及冬去春来的自然现象。在戴恩山的黑安妮丝的传说中，凯莉是一个冬女巫。她拥有多重身份，还是水与自然的守护神，有时也被认为是"讨人嫌女士"。

夜女巫

我根据记忆复述了这个来自北美的故事。新近出版的《夜幕降临后的恐怖故事》一书中，收录了一个纽芬兰人讲述的版本，我借用了他们的标题。妨碍人排尿的魔咒在印度和非洲地区的传说中也有出现。

比迪·厄尔利、神父与乌鸦

比迪·厄尔利于1874年去世。很多故事都提到她与当地神父的交锋，临终前那场自然也不能例外。魔法瓶是她法力的象征，有一种说法是，那是她已故的丈夫汤姆给她的，用来帮她对付想驱逐她的房东。她能够通过这个魔法瓶预知未来，因此总能提前做好准备，应对各种危机。据说其他人要是偷看了这个瓶子就会发疯，而比迪要是用这个瓶子救人时收钱，瓶子也会失去魔力。

比迪颠覆了传统的女巫形象，对神父、教堂和圣经都毫无畏惧。据说她去世前神父也曾为她正名。莱尼汉记录了一位证人说的话：

"神父经常批评她，但在她临终前，他在费克尔布道时称她是一位仁慈、善良、了不起的女人。她做的一切都是出于好意。"

(《寻找比迪·厄尔利》，埃德蒙·勒尼汉，都柏林，默西埃出版社，1987)

佩蒂·皮特智斗女巫贝亚

伊塔洛·卡尔维诺指出，他为这个著名的童话故事胡编了一些名字和押韵，他还在叙述中做了其他润色。他在书的前言中总结了童话的部分特点：

> 故事主题往往是恐惧与残忍，毫无逻辑，包含不少猥琐的细节，像诗行强行拼凑成散文，不惜胡说八道来押韵，其粗俗与残忍按照当今的标准恐怕并不适合儿童。

童话在几个世纪中不断遭到删节，变得更"干净"，但幸运的是，如今越来越多人愿意保留那些直白乃至粗俗的原始版本。

从非洲、南太平洋到北美原住民文化中都不乏毫无逻辑的传说。当代作家罗尔德·达尔保留了这一传统，为孩子们带来了天马行空的乐趣。

(《意大利童话》，伊塔洛·卡尔维诺，纽约，哈考特·布雷斯·乔凡诺维奇出版社，1980，第110页)

THE VIRAGO BOOK OF WITCHES
Copyright © Shahrukh Husain 1993, 2019
First published in the English language in the United Kingdom in 1993 by Virago, an imprint of Little, Brown Book Group, London.
Illustrations © Liane Payne 1993
著作版权合同登记号：01-2024-4930

图书在版编目（CIP）数据

悍妇女巫和她的故事 /（巴基）沙鲁克·侯赛因编；陈觅译. -- 北京：新星出版社，2025.2. -- ISBN 978-7-5133-5783-8

Ⅰ. I14

中国国家版本馆CIP数据核字第2024P1K782号

悍妇女巫和她的故事

[巴基] 沙鲁克·侯赛因 编；陈觅 译

责任编辑	汪　欣	特约编辑	尹子粤　陈梓莹
营销编辑	杨美德　陈歆怡　李琼琼	装帧设计	韩　笑
内文制作	张　典	责任印制	李珊珊　史广宜

出 版 人	马汝军
出　　版	新星出版社
	（北京市西城区车公庄大街丙3号楼8001　100044）
发　　行	新经典发行有限公司
	电话（010）68423599　邮箱 editor@readinglife.com
网　　址	www.newstarpress.com
法律顾问	北京市岳成律师事务所
印　　刷	北京盛通印刷股份有限公司
开　　本	850mm×1168mm　1/32
印　　张	10.5
字　　数	190千字
版　　次	2025年2月第1版　2025年2月第1次印刷
书　　号	ISBN 978-7-5133-5783-8
定　　价	69.00元

版权专有，侵权必究。如有印装质量问题，请发邮件至 zhiliang@readinglife.com